北塔 著

巨蟒紧抱街衢

北京诗选

北方文艺出版社

图书在版编目（CIP）数据

巨蟒紧抱街衢：北京诗选 / 北塔著. —— 哈尔滨：北方文艺出版社，2019.10

ISBN 978-7-5317-4581-5

Ⅰ.①巨… Ⅱ.①北… Ⅲ.①诗集－中国－当代 Ⅳ.①I227

中国版本图书馆CIP数据核字（2019）第125671号

巨蟒紧抱街衢：北京诗选
Jumang Jinbao Jiequ Beijing Shixuan

作　者 / 北　塔	
责任编辑 / 宋玉成　金　宇	封面设计 / 琥珀视觉
出版发行 / 北方文艺出版社	邮　编 / 150080
发行电话 /（0451）85951921 85951915	经　销 / 新华书店
地　址 / 哈尔滨市南岗区林兴街3号	网　址 / www.bfwy.com
印　刷 / 北京玺诚印务有限公司	开　本 / 880mm×1230mm　1/32
字　数 / 138千	印　张 / 7.25
版　次 / 2019年10月第1版	印　次 / 2019年10月第1次印刷
书　号 / ISBN 978-7-5317-4581-5	定　价 / 42.00元

自序

为现代主义诗学视域中的中国当代都市诗歌书写提供一个样本

北　塔

一、早就想出我个人的《北京诗选》

北京是我生活时间最长的城市,在我生活过乃至见识过的中外上百座都市中,她的历史最厚重、现实最丰富、格局最壮盛、价值最多元。综合而言,她是我最热爱的,也是最适应的都市(不是之一)。

我来北京定居,工作生活已有四分之一个世纪,其中的爱恨情仇、酸甜苦辣在我的诗中都有或明或暗的记载,每年哪怕只写10首,也至少积累240首了,出一部集子绰绰有余。

我想出版我的《北京诗选》,预谋已久。2014年,在编选我的上一部个人诗集《滚石有苔》的过程中(2015年1月由山西的北岳文艺出版社推出),我就动过这个念头。

但是，最后"石头"主题的诱惑力还是暂时胜过了"北京"主题，所以出了那部古今中外唯一全部是写石头的诗集。专写北京的诗集早被别人捷足先登了，因此不可能具备独一性，我反而没必要急着"抢先机"了。

二、先前几部关于北京的个人诗歌专集都缺乏现代主义的维度

据我本人并不全面的了解，从20世纪30年代到20世纪50年代，诗坛上出版过4部关于北京的个人诗歌专集。或者是由于当时的中国，尤其是北京，尚处于前现代社会发展阶段，作者们又缺乏足够现代主义诗学的气质和修养。所以，他们那几部诗集没有资格拿来作为现代主义诗学视域中的样本。但我还是要简单介绍一下。

《北平情歌》，林庚著的新诗集，1936年2月由北平风雨诗社出版，收现代新诗50余首，其中主要有《喂！》《晨光》《雨来》《夏之昏野》等。

林庚先生自己说："我的写作先是从旧诗词开始的，但随着时代的发展，旧诗词已经不适合表达现代的生活和情感了。"（曾华锋发表访谈录《林庚：林间学者的诗人情怀》）但《北平情歌》所表达的"现代的生活和情感"还是相当寡鲜，即真正的现代性严重不足。

首先，林庚虽然生长于北京，但也许20世纪30年代

北京的现代性远远不如上海,他又比较拒斥当时在中国方兴未艾的象征主义诗歌,所以其思其感其表达还是不够现代。正如戴望舒早在1936年就精辟指出的"现代的诗歌之所以与旧诗词不同者,是在于它们的形式,更在于它们的内容。结构、字汇、表现方式、语法等等是属于前者的;题材、情感、思想等等是属于后者的;这两者和时代之完全的调和之下的诗才是新诗。而林庚的'四行诗'却并不如此,他只是拿白话写着古诗而已"(《谈林庚的诗见和"四行诗"》)。戴望舒的评论不免有点苛酷,实际上他不仅否定林庚在情思上的现代性,而且否认了林在语言上的现代性。袁行霈出于师生之私情,曲为之讳曰:"林庚先生写诗一方面致力于把握现代生活和现代汉语的新节奏。"(《他的生命就是一首诗》)说句公道话,林庚并没有敏感于把握现代生活,但的确致力于探索"现代汉语的新节奏",他通过理论和实践对现代汉语的诗化是有贡献的。

其次,林庚的文学史观有狭隘与保守之嫌,他的诗歌创作还停留在浪漫主义阶段,只能怀着他所钟爱的"少年情怀",唱唱"情歌"。正如他自述:"1931年,我便从旧诗词写作转入新诗写作。在新诗写作上我没有受谁的影响,也不属于什么流派。如果非要说有什么流派,我认为是浪漫主义流派。诗歌流派从总体来看,只能分为两个:古典主义与浪漫主义。"林是朱自清的学生,还给朱当过助教;而早在1935年10月出版的《中国新文学大系·诗集》

之《导言》中，朱自清就将新文学第一个十年的新诗分为"自由诗派""格律诗派"和"象征诗派"。1931年，浪漫主义主将徐志摩的飞机在济南失事陨落。中国现代诗歌的主导性力量开始由浪漫主义转向象征主义，但在林庚的诗学视野中，似乎没有多少象征主义的位置。他宁愿仍旧抱着古典主义的残，守着浪漫主义的缺，也不愿迈进真正的现代主义中去。他和他的徒子徒孙们至今还在为浪漫主义辩护、张目。如袁行霈说林庚"他仿佛是为诗而生的，为中国这个诗的国度而生的。他的一生，他所做的一切都指向一个境地，那就是青春、理想和美"（《他的生命就是一首诗》）。青春、理想和美这三个关键词确实是在浪漫主义诗学视域中对林庚诗歌创作的最好概括。但，他们都没有反思：他们这种在思想和艺术上的私相授受在一定程度上阻碍了中国诗歌现代化的步伐。现代主义诗学引进了新的关键词：老成、幻灭和丑。现代主义诗人必须感受和思考的是：青春和老成、实现和幻灭、美和丑之间的悖论关系。

最关键的是，《北平情歌》中的大部分作品不是直接在处理北平，北平不是林庚诗歌的审美对象或反思维度，而只是模糊的背景或准题材。"北平情歌"更准确的说法是：在北平唱的情歌。林庚的笔像火柴一样划过北京的侧面，从而点燃他自己的主观情愫。而没有像盾构机一样地在北京地下掘进，从而穿越都市文明的内部场域。象征派与浪漫派在城市空间的最大区别在于：前者深入，后者擦边。

因此，哪怕林庚诗歌的题材都来源于北京，也不是在现代主义诗学视域中的作品。

20世纪50年代，出版了3部完全以北京为题材的诗集，但也跟现代主义诗学无关。

《歌唱北京城》，邵燕祥著，华东人民出版社，1951年出版。这是邵燕祥出版的第一本诗集，书名是他的成名作的名字，即在1949年10月发表在《光明日报》上的长诗《歌唱北京城》。他时任中央人民广播电台记者、编辑，他把诗歌也当作了传播革命思想和新中国成果的一个载体。后来，邵悔其少作，那部趋时之作实乃意识形态的牺牲品。只有时代的意义，政治正确的价值，在诗歌美学上却乏善可陈，更谈不上思想的独立和深刻。正如学者林贤治在《中国新诗五十年》中说："他把歌唱党和社会主义当成自己的日常工作，写下大量诗篇，其中包括在政治运动中的作品。题材比较多样，主题却是单一的。虽然他也算讲究构思，遣词造句方面尽可能避免公式化概念化，但是，才华在这里只能作为意识形态的点缀。"

《北京抒情诗》，晏明著，百花文艺出版社，1959年出版。晏明曾任《胜利报》主编，彼时他的思想之"左倾"与单纯，比起邵，有过之而无不及。

整个20世纪50年代，写作这类北京颂歌的诗人很多，只不过，别的诗人没有写那么多，没有出版专集。1957年9月，北京出版社曾经紧跟时代宣传之脉搏，编辑出版了一部多人合集——《北京的诗》，印数高达31 500册，而且转年就出了增订本。里面收入了公刘、王统照、王希坚与禾波等众多诗人、作家关于北京的诗，那个年代，颂歌兴盛，很多其他文体的作家，也纷纷写一些诗来凑热闹。

三、北京的地域文化精神中蕴含着现代主义诗歌的三大特征：干、硬、经典

北京的诗歌形象一直在被田园牧歌化和意识形态化，直到20世纪80年代朦胧诗崛起，才出现了现代主义气息浓厚的北京诗，以北岛为代表。但北岛一方面并不是有意识地对北京进行现代主义诗学视域中的关照、探视和解剖，另一方面也留着有点过于浓烈的意识形态情结。更关键的是：他们没有出版他们写的北京诗歌专集。

其实，北京作为一座有着800多年建都历史的现代化的北方大城，潜藏着极为丰富的现代主义诗学资源。

英美现代主义诗歌形成期的理论吹鼓手休姆（T. E. Hulme）认为，现代诗应该是干的、硬的、经典的（dry, hard, classic）。

北京的气候总体上比较干燥。我刚来北京时，连夏天都比较干。后来，由于大力绿化起了作用，夏天变得潮湿了，

但每年进入秋季后，源自西伯利亚，途经荒漠戈壁的冷风逐渐增多，空气逐渐干燥起来。南方来的人会觉得北京干燥得不行，都要流鼻血了。但我这个南方人就喜欢北京的干，首先是因为干燥的冬天可以使我避免复发关节炎，之前我在重庆潮湿的冬季里关节炎已经严重到影响走路的程度了。更重要的是，在这样干的环境里，我诗里的水气可以蒸发掉，挤出了湿和黏，就变成了铜豌豆一样的干货。当然，有些时候变得有点太干，也需要一点儿水灵灵的江南气质。所以，最近10多年来，我在致力于探求干、湿平衡的诗歌质地。

北京人的气质是比较硬的。北京板儿爷的身板够硬。北京人形容老人身体好会说"硬硬朗朗"的。北京土语中经常用"瓷实"一词，表示"坚硬"。比如，说两人的关系"瓷实"的意思是"很铁"，相当于说"铁哥们儿"。有人统计，中国银幕上"实打实的肌肉硬汉"大部分是北京人。北京女人也说话嘎嘣脆，性格硬朗直爽，以开创"西北风"的歌手田震为代表。生长于北京的诗人的性格及其艺术风格也相当硬，以关汉卿、北岛、江河、芒克、雪迪等人最为典型。

北京，作为古城，其文化品格的经典性十足，全国乃至全世界没有几个城市可以与之相伯仲。这种经典性是在千百年漫长的城市尤其是都城的文明积累中逐渐形成的。北京作为城市的历史可以追溯到3000年前（自秦汉以来，北京地区一直是中国北方的重镇，先后称为蓟城、燕都、燕京、大都、北平等），作为都城的历史也有800多年（中国历史上最后5个封建王朝，即辽的陪都及金、元、明、清的首都）。北京造就了极为丰富的文化产品，也形成了很多领域的经典范例，这为北京诗歌的经典性提供了保障。比如，北京人写的诗总体上比较注重文化内涵尤其是传统文化素质，有着比较强烈的士大夫气质或知识分子气息，具有明显的天下情怀，古道热肠、厚重大气、浑然沉稳是北京诗歌的突出品格。

四、象征主义是我的主要诗学资源，但我更依赖于北京给我的实际体验

我在上高中的时候，拜我母校苏州市吴江区盛泽中学丰厚而时新的炳麟图书馆所赐，就接触了象征主义，开始崇拜波德莱尔。李金发最早把象征主义从法国移植到中国来，但移植得不够妥帖、自然和谐。戴望舒则把象征主义与中国传统诗歌美学高度结合起来，又在现代中国的社会语境中，创造出了纯粹而高妙的中国象征主义诗歌。因此，我也奉戴望舒为偶像。

我长年热衷于学习和研究后期象征主义，瓦雷里、叶芝、艾略特、里尔克等。因此，可以说，我的主要诗学资源是象征主义，但不止于或不限于象征主义。我也曾大量研读世界范围内的象征主义之后的文艺思潮，比如超现实主义，包括中国的，我甚至曾想编选一部《中国超现实主义诗选》（受到洛夫先生的来信鼓励）。而在思想本质和精神气质上，则深受尼采、卡夫卡、凡·高等表现主义文艺家的震撼性影响。我还曾迷恋萨特、加缪、贝克特等的存在主义和荒诞派。

更加重要的是：我从上研究生开始，把重点放在研读中国经典作品，不仅是唐诗宋词，还包括先秦哲学。从中我也汲取了非常丰富的营养，尤其是意境的幽眇、情调的豁达、胸怀的悲悯，还有意象的翻新、对句的密集等等。波德莱尔对中国文化几乎一无所知。

最重要的是：我是在中国的北京的现实语境里感受和创作。我是个隐伏的现实主义者。北京是我最大的现实。很多人喜欢直白的现实主义，所以看不到我诗歌中的现实性与现代性是并举的。很多人认为我的诗比较玄妙、深奥甚至晦涩。但是，我保证我的大部分灵感或感受都来自大街小巷，来自我在北京城里各个地方的赶路或漫游。我习惯于幻想和抽象，但那都是基于实实在在的所见所感。波德莱尔对中国的现实不仅不了解，甚至没有了解的兴趣。

我跟波德莱尔还有一点差异。他是地地道道的巴黎城里人，不喜郊野和外省，比如说每当他勉强随他挚爱的母亲回其乡下娘家，他一住下就开始叫唤着要回城。他所有的感官都为都市景观张开着，接受着街巷里发出来的隐秘信息。而我来自外省，来自乡村。在我关于北京的诗歌书写中，有很多乡村关怀、农村现实的话题，而这些元素往往跟城乡对立的现实窘境有关，跟乡愁有关。另外，北京本身就有广阔的郊区，四面八方我都去过很多次，也写过很多关于郊野的诗。当我写郊野的诗时，总是有城市的影子在，有时甚至还情不自禁地要处理城乡的冲突、都市与自然的冲突等沉重的主题。

有一点跟北漂有关的话题我要提一下。大约20年前，当北漂这个话题刚刚被人提起时，我曾跟人说，北漂不能仅仅看作没有北京户口的人，那是非常外在的简单化的一个标准。更应该看一个人的心态和观念。我因为受荒诞派影响太深，认为每一个人一出生，就被抛离了故乡，就开始无尽的漂泊生涯。我无论在何处，哪怕是在自己的家里，也有漂泊感，哪怕跟亲人在一起，也有孤独感。深陷在北京这个浩瀚的人海里，其实我的漂泊感非常强烈，我时常觉得自己无根、无着、无的。这么说吧，我带着北京户口已在北京生活四分之一个世纪了，但我很少在自我的身份认同上说自己是北京人，哪怕"新北京人"这种身份我也不太认同。关于籍贯，我说更多的还是江苏人，尽管我18岁时就离开了江苏。有时，我干脆说，我是东西南北人。

我当然也喜欢北京，或者说，综合来说，我最喜欢的城市就是北京。她雍容、典雅、丰富、大气、疏朗、厚重、开放，在全世界的大都市里能与之媲美的实在不多。但我确实觉得自己跟她还有隔阂。我没有廉价地把北京作为我爱的对象来歌颂，而是把她作为我自我学习的一个参照、自我探索的一个场域、自我反思的一个空间。她的宽容和深邃，使得我的探索和思索似乎永无止境。

既然这是一部专门写北京的诗集,当然会涉及北京的自然山水、历史文化、街道建筑、风物人情等。有些是读者所熟悉的,有些未必。因此,我简单做了一些注解。请读者千万不要理解成这是一部旅游诗选。我的模式是心与物游,情与景交。因此从客观的维度说,是萨特所谓的"境遇(situation)"(有人译为"境况"或"处境");从主观的维度说,是陈子昂和张九龄所写的"感遇"。元代杨士弘所编《唐音》曰:"感遇云者,谓有感而寓于言,以摅其意也。""感之于心,遇之于目,情发于中,而寄于言也。"首先是"感",而"感"的核心内涵是"心"。北京号称"中国的心脏"。我要探索的是这心脏中的"心"。她未必与我心心相印,但我以心感心、将心比心。我坚信,只有心能超越历史、地理等物质意义上的局限和羁绊。

五、书名象征着都市形象中"文"与"野"之间的悖论关系

我喜欢给自己和自己的诗以及诗集取个好名(以新颖且贴切为宗旨),比如我的前三部诗集分别叫作《正在锈蚀的时针》《石头里的琼浆》和《滚石有苔》,都还算有创意和新意吧,而且不太费心思。这部集子的名字却颇费周折。

起初,我只想把它叫作《北塔北京诗选》,直奔主题,但也太素朴了。

后来,我想把这个标题作为副标题,另外再取个正名,有过几个选项,如《北京不抒情》《北京家常》《北京的基层生活》《文与野》等。

之所以说不抒情,是因为我刚到北京时,还年轻,还浪漫,所以还抒情。但没过多久,就主动抛弃了抒情中心主义,更多地依赖于经验,想更多地表达思想。

之所以说是家常或基层,因为我这人除了写作的抱负还算大,没有什么大的现实追求,所以许多年来一直在边缘的边缘苟且谋生。我跟2500万中的至少2400万生活在北京的人一样,是老百姓,过的是最基层的生活。由于本人来自社会底层,所以在基层待着,也觉得尚可!因此,我写到了我熟悉的市场,尤其是农贸市场、跳蚤市场、"鬼市"。我与弱势群体同呼吸、共命运。我的责任感就在于替沉默的大多数发声,我的使命感就在于用文字留下他们的侧影(我往往还没捕捉到他们的正面,他们就转身奔向工作岗位辛勤劳作了)。我致力于写北京的家常,是为了解构外省人对北京的想象,他们误认为北京没有日常,没有百姓,北京的文学都是威权意识形态的衍生品。而其实2400万人的吃穿住行全部都是群众式的。比方说,我写过在北京打工的人们的遭遇,还写过城中村的脏与乱。城中村是打工者们的主要集聚地,我视他们为自己的兄弟姐妹。

当然,我跟大众还是有差异。我没有停留在塑造他们的形象、还原他们的生活等方面,而是在他们的形象和生活之上,对社会、人生乃至人性进行形而上的概括和判断,从而勾勒这个时代这个城市的精神地形，比如：揭露大城市病的种种征候（交通拥堵、环境污染等，见《雾霾大城》等作品），嘲讽人际关系的冷漠（见《对门》等），反思似是而非的流行价值观（见《城乡超市》等），批判种种违背基本人性的丑陋现象（见《面具下的生活》等）。由于有这些思考和反思——可能并不正确，可能曲高和寡，甚至有点"疯狂"，使得我的文字形象又远离百姓和基层。所以，《北京家常》《北京的基层生活》那两个名字我也觉得不妥，甚至会被人误以为我是在写报告文学，我不是在贬低报告文学，但我确实担心我的北京诗的境界被读者误解。

《文与野》这样的题目是出于另一层面的思考或反思。在中国历史上，北方人管南方人叫过"南蛮子"，像我这样出身畎亩的，真是既"野"又"蛮"，但我又在被称作"首善之区"的北京生活了 25 年。我经常问自己：我变得文明了吗？足够文明了吗？配得上"首善"这个词了吗？是不是太文明了，文明得没有本我没有活力了！我还经常问自己：我身上还有野气吗？是否还要更多地去掉野性？是不是被去掉得太多了，要找补回来一些？文明与野蛮两股力量时不时在我身上冲突又媾和。这是我的痛苦所在，也是我的诗歌的矿藏。

有些人认为，文明起源于城市，或者说，与城市同步发生。有人认为，城市（urban）就意味着文明 (civil)，甚至从城乡对立的观念出发，认为乡村就意味着野蛮。这种看法带有三个方面的偏见。

第一，在现实生活中，文明和野蛮不是那么势不两立，往往交错杂处。城市固然比乡村在文明程度上要高一些，但也有很多不文明的现象。乡村呢，也有深厚的文明底蕴，尤其是乡绅文化、耕读传统等。

第二，抛开伦理中心主义的维度，文到了烂熟的程度，就变成文弱、文绉绉、文饰，心灵被文化的霓虹层层包裹，生命被文明的雾霾重重包围。这时，就需要一股来自乡野乃至旷野的野风，带来新鲜的空气，吹散雾霾，使得弱不禁风的文明重新焕发活力。鲁迅在《门外文谈》中写道："旧文学衰颓时，因为摄取民间文学或外国文学而起一个新的转变，这例子是常见于文学史上的。"因此，在很多情况下，对于文明而言，野力不仅不是破坏性的，而是拯救性的。

第三，文明的种种规则条例束缚着人类的自由天性，捆绑着人的活泼个性。从这个角度来说，文明是野蛮的，这可以叫作文明的野蛮。这种文与野之间的悖论关系颇能概括都市的形象和本质。不过呢，无论是野蛮的文明还是文明的野蛮，诸如此类的说法以前也有人讨论过（如李力研所著《野蛮的文明》和龚立人所著《野蛮与文明》等）。不是我的原创，所以我放弃了。

最终确定的书名来自我刚到北京的时候写的一首诗，叫《夜晚的疯狂》，其中第一段就三行：

> 来自原野的巨蟒
> 紧抱着首都的街衢
> 使我们寸步难行

其实，它的含义还是文与野之间纠缠不清的关系。但它是用形象而不是用观念在说，从而免去了说教和枯燥的嫌疑。"巨蟒"借代荒原，"街衢"借代都市。另外，"巨蟒"象征幻想，"街衢"象征现实。对于一辈子生活在都市里的人来说，他们可能在动物园见过一两次巨蟒，接下来就只能想象了，还有很多人可能一次都没有见过，那只能幻想其形象了。而我的诗的一个根本写作策略，就是事实＋想象，或者现实＋幻想。我笔下的雪景是"旋转的雪景"，正如凡·高笔下的星空。想象和幻想是诗歌思维的特点或优势，也就是说，正是诗歌能够让我踯躅于街衢，又能运思于六合之外，去感知宇宙中的冥冥。另外，我也曾把街衢本身比喻为巨蟒，有巨蟒的体量，也有巨蟒的力量。"紧抱"象征着原野与都市之间的紧张关系，仿佛那被拥抱者力图挣脱——哪怕这是所谓的幸福安全的拥抱。

《恶之花》是我的《诗经》，诗歌中的《圣经》。我承认我是波德莱尔的信徒，但不是太"肖"的那种。同样，这部诗集有很多地方在模仿《恶之花》，极而言之，可以说是《恶之花》的"中国版"。但它又不是《恶之花》，正如中国的我不是法国的波德莱尔，正如20世纪末至21世纪初的北京不是19世纪中叶的巴黎。如果有学者有兴趣比较研究我和波德莱尔之间的所谓的承继关系，我希望他们看到更多的是"异"，而非"同"。

六、鸣谢

感谢选发和即将发表我的北京诗的报刊、网络、微信等媒体，尤其要感谢《山花》《诗选刊》《中国诗人》《绿风》《贵州诗人》和《当代诗人》等。

感谢北方文艺出版社暨社长宋玉成先生，出版这部似乎有点另类，甚至有点不合时宜的专题诗集。

最后，我想声明：一个诗人一生的代表作也就十几首，而我至少有一半的代表作已经收入本书，比如《潘家园（古玩"鬼市"）》《雾霾大城》等。因为在过去的25年里，我从25岁到50岁，我创作的黄金时期就在这段时间，我的大部分最好作品也写于此间。因此，在很大程度上说，本书也是我的代表作。

初稿于2017年底，圆恩寺
定稿于2019年初，营慧寺

目　录

001 | 序　诗

境　遇　第一辑

005 | 夜晚的疯狂
007 | 花园正在离我们远去
009 | 拆迁现场
010 | 市容
011 | 午后的故宫
012 | 误闯行宫
014 | 明府花园
018 | 又访文学馆
020 | 八大处祈愿归来
022 | 黄昏穿过医院
024 | 红漆的大门已经关上
026 | 漏气的上午
028 | 图书馆之间
036 | 果园自述

天　气　第二辑

041 | 沙尘暴（上）
043 | 沙尘暴（下）
047 | 雾霾大城（组诗）
055 | 盼望一场雪
056 | 春雪

水　系　第三辑

059 | 温榆河之冬（组诗）
063 | 龙潭涧
066 | 昆明湖
067 | 昆玉河
070 | 什刹海
074 | 露天游泳池

路　桥　第四辑

079 | 蜗牛路
080 | 回南湖渠的路
082 | 南衡西街的一天
086 | 三环路上的花朵
088 | 四环路上的蛙鸣
089 | 西南三环的黄昏
091 | 红灯后遗症
092 | 白线区

| 093 | 空巷
| 094 | 波希米亚人的南锣鼓巷
| 097 | 穿过南锣鼓巷
| 099 | 七夕（鹊桥）解构

市　场　第五辑

| 103 | 潘家园（古玩"鬼市"）
| 108 | 蓝靛厂市场
| 110 | 城乡超市
| 112 | 市场的黄昏
| 114 | 新王府井颂
| 116 | 西单

物　第六辑

| 119 | 拴马桩
| 121 | 卢沟桥的石狮
| 123 | 五塔寺石雕
| 126 | 燃灯塔
| 128 | 一棵街树的自悼
| 136 | 盛夏蝉鸣
| 137 | 烂尾楼
| 139 | 拉煤的板车
| 142 | 大卡车
| 146 | 老镜子

148	一支烟
149	爆竹
151	白塔
153	分花

郊　野　第七辑

157	仙栖洞
160	沙河镇的沙
163	朱岗子村醉语
167	出阳坊记
170	附录

序 诗

面具下的生活

一个化装得当的演员
他的每一个动作
都使我们心跳加剧
他的每一句台词
都使我们泪流满面

观众席是他的手掌
我们在台下看他翻覆
被他的容光吸引
被他的情节引爆

为他喝彩,是我们
这一生所能做的一切

那么好，我的诗
模仿他吧，尽可能
赶上他的伪装

赞美和诅咒都是欠债
让时间去清还吧
在这逼真的舞台
谁当导演都无所谓

替补我们的人就在后台
死盯着我们的错误和伤口
啊，我们已经倦怠
可在灯光熄灭之前
却不能当众把面具摘掉

境遇

第一辑

推土机
啃掉了正在授粉的果树

夜晚的疯狂

来自原野的巨蟒
紧抱着首都的街衢
使我们寸步难行

那被夕阳遗弃的光
返回到你的脸庞
如大潮返回沙滩
并吞没滨海的花园

我的小船划入你的丛林
坚挺的木桨激起
浩荡的水声,淹没
人声鼎沸的小酒馆

谁驾驶着微醺的桑塔纳

风一样冲过子夜的大路
把我带回家,像带回一瓶酒
一瓶随时可能燃烧的烈酒
像违禁的雷管填满了炸药

我将像大禹,受上苍指派
专门来治理你心中的洪水
我将三过家门而不入
直到你的洪水流入我的大海

哦,可爱的花朵,可怜的花朵
要绽放你就在此时绽放
要凋谢你就在此地凋谢
远方没有更急骤的马蹄

今夜,沉睡的木头将被劈碎
将被火焰抢去,烧成灰
今夜,你多像宽广的街衢
一翻身,掀倒了我朝圣的良驹

花园正在离我们远去

花园正在离我们远去
在整座城市、整个院子
被称为花园的时候
花园正在离我们远去

推土机如野猪闯入
啃掉了正在授粉的果树
咬断了正在攀缘的藤条
暖房被轰然掀倒

踏灭火焰似的花朵
满地是来不及逃走的陶罐碎片
泥土如处女的衣服被扯开
羞怯的根部被迫裸露在外

这一切都将消逝
喜鹊的调笑、乌鸦的哀鸣
连同诡秘的蝙蝠、执着的布谷
夜色中新鲜的吻痕

一切都将消逝
蚯蚓往深处更深处钻
再不会有出土的一天
再不会有蟋蟀的伴唱

再不会有远方的蜜蜂
闻香而来，携香而去
夜半的柿子掉下来
再也砸不到情侣的影踪

那扑蝶的少年将像一根火柴
躲在火盆的角落里
随时准备以自焚的代价
点燃一朵梦中的玫瑰

花圃退缩为花瓶
绿草只在笔端茂盛
一座花园就这样蜕变成
我手中的一截残根……

拆迁现场

这大片大片的简易房
像生下来就残废的人
像生下来就要被抛弃的人
居然也能活这么多年
现在终于寿终

一夜间,已为平地
这储藏丰富的垃圾场
这众多的男女老少
搜寻着那些来不及拿走的东西
一样都不放过

推土机哼着小曲
在这个阳光充足的好日子
推倒一堵又一堵墙
使尘土和尘土
相互之间无所掩藏

市容

这座大城在白天
道貌俨然
高高低低的建筑物
方方正正
尤其是住宅楼
坐怀不乱
大路供出小路时
舌头一点都不打弯
车与车小心谨慎
不在十字路口
耳鬓厮磨

一听到夜的足音
一股风就在某处骚动
并且迅速蔓延
像草场里的火
燃遍角角落落
沙子叩打每一扇窗户
让明眼人盲目

午后的故宫

依然是不断的人流
全不相干的人流
进进出出

依然是血色的城墙
挡住外来者的视线
把一个世界劈成两半

依然是一滴眼泪的海
已经容不下一只鸭掌在划动
已经快要成为另一个干涸的地名

误闯行宫

在本该止步的路口
不愿止步
本该后退的时候
不愿后退

走啊走,直走到
这世界面目全非
这心灵百孔千疮
这入口越来越窄

一刻不停地走啊走
但我还是来得太迟
涟漪已配给游船
长椅已许给亭子

池塘里垂满鱼钩
堤岸上铺满蛇脚
华贵的戏台已拆除
只剩嗓子陪伴丝竹

太监的先祖和皇帝的
后代一样有福分
各地被选中的秀女
正日夜赶奔京城

这宽大的院子不再
因为宽大而安谧
葡萄藤偷偷往外爬
红杏却懒得出墙去

明府花园[①]

一、追问

  梦中的明府花园
  使黑夜亮如白昼
  那被诗和酒照彻的心灵
  披挂着英雄的衣襟

  我曾搀扶着秋风
  叩问四壁的石头
  那被节日扣押的月亮
  是否像一口空了的酒缸

  梦中的明府花园里

[①] 明府花园又称"纳兰郊园",在海淀区北上庄乡上庄村北部,诗人纳兰性德之故地。

仆人凭借着月光
捕捉那被风吹弯了的影子
像虱子一样哼着小曲

而主人的马蹄正被污泥
诬陷。疾病深入爱情的
膏肓,和泪的相思
像诗集里蝴蝶的标本

二、启示

蜘蛛倒挂在凉亭的一隅
屋顶上的茅草像激动
而疲倦的嘴唇,哆嗦着
诉说着那被扭曲的家世

燕子叼着归来的歌声
在楹梁间穿来插去
何处是那旧日的泥痕?
何处是那镜中的娇嗔?

我们内心的冲动
和创痛,在某个时候
像一支箭搭在弓上
那一使劲就会折了的弓

沿着你桃色的堤岸
我的小船满载空虚
去寻觅芦苇上的花粉
而蜻蜓的翅膀呜咽着

三、反问

偌大的荷叶压住水波
送别的话语时高时低
交付给那绕过暗礁的船舷
今夜的耳朵将被琴音割去

哦，命运的手掌多么温软
被它抚摩过的石头一块块
变成了墓碑。荒草里
野狐狸的脊背时隐时现

微弱的磷火使我们看清了
明府花园里的尸骨
已经长时间没人收拾
像那纷乱的最后的筵席

到底谁是这花园的主人？
谁能让午夜的灯笼
照亮归客倦怠的足迹？

谁能扣响那锈死的柴门?

四、企望

谁都知道青砖下压着
不死的精魂。我们期望
明府花园在处子的梦中
重现,如同游子枕边的故乡

催人上朝的衙鼓
敲碎了你如烟的幻梦
没有什么能阻挡白日的
到来,能熄灭不老的青春

一片畸形的树叶
被好奇的风拿到了山谷里
被桂花的香气收留
被白兔的绒毛引逗

明府花园消失
在对一个朝代的颂歌里
记忆暗淡而模糊
直到棺材盖被开启

又访文学馆

方砖不再询问我的脚步
曾始于何地,将终于何处
遍地的梧桐花如裙裾的碎片
半裸的少女被送进疯人院

一本书就是一座疯人院
一次阅读就是一次裸露
花圃被道路团团围住
斑驳的柱子支撑着屋宇

失修的椽子挂满蜘蛛网
正在腐烂的书籍像果实
因为饱满而在深秋坠落
因为腐烂而散发出芳香

稀疏的野草迅猛生长
逗留的麻雀嘶声卖唱
我不敢攀缘木梯往上走
只怕碰翻了新筑的鸟巢

洞箫变成了竹子的故乡
花蕊隐藏着蜜蜂的天堂
尘埃落定，只剩下蚯蚓
在字里行间默默独行

钥匙在锁孔里轻轻一转
沉睡的灵魂纷纷醒来
争先奔赴稀客的眼底
如种子奔赴稀有的泥土

八大处祈愿归来

我手持六根挂面似的藏香
不停地转圈,越转越快
我必须在这些香烧完之前
在黑暗砸下来之前
向荒山说出我全部的心愿

这青烟稍微往上飘一点
就会像死者的魂魄般飞散
我的心愿也将随之夭折在半空

那托塔的手指如今被压在塔底
仅仅因为它的存在
旧塔被毁,新塔还没有起来
中间只隔着一只手
像手心和手背

乌鸦总是在高处
它们善于攀到草木的巅峰
它们的巢高过寺院的屋顶
它们的叫声高过小和尚念经

总是要等我们爬到一定的高度
寺院的大门才会打开
然而我不想再往上了
下坡的路已经够长

黄昏穿过医院

我在拐弯时所走的
这段道路,像一条
被截断的大腿
昏暗的灯光
是白内障
谁能牵着满是疮痍的门诊大楼
走向光明?

乌压压的
实验室里的病毒
因为饥饿和劳累
在楼群之间试管似的夹道上
影子一样地奔波

一片树叶被医生的风
摁倒在枝丫上
被注射了镇静剂
黄昏了,每一件事物

都需要周围的事物
保持镇定
痛苦的呻吟声
将被推入太平间的冷藏柜

从产房到太平间
是一条急需打扫的长廊
那前来探视的目光
被阻隔在温度计和手术刀后面
刚刚吃饱晚饭
值班的小护士已经哈欠连天

抽出去的血液
再也回不到血管
送出去的亲人
再也回不到家园

为了能减轻今夜的疼痛
还有人前来挂号
那些昏迷不醒的人
今夜能否睡着？

或许一颗药丸
就能使奄奄一息的病人支撑到天明
使整座城市变成
一个空荡荡的药瓶

红漆的大门已经关上

坏天气拦住我们
马路汗流不止
我们坐在阳光下
同样无处躲藏

附近的花丛已失去芳香
红漆的大门也已经关上

我们站起来,打算回家
猴子们咬着喇叭
模仿一些滚瓜烂熟的"人话"

在广场上我们被团团围住
而钟声依然可爱地拍打着
我们的头颅

千万要当心
那些透过门缝向外张望的眼睛
我们走完一条又一条路
但红漆的大门已经关上

大树在门口的石狮子面前
保持着满意似的怯懦
请告诉那些从四面八方
奔来的人：闪电即将来临

漏气的上午

我的上午漏气了
漏得很隐蔽
像一只蚂蚁爬过
天安门城楼
最底下的砖头

我一无所知
坚持要在阴天里
与阳光相约

你走出西班牙语
像一片树叶飞出鸟群
我的笼子
需要鸟的羽毛来疗治

一座宫殿因为我而空
另一座因为你而满
我们的头顶就那么一小片天
还要被屋脊分割

下午让上午消失
我得赶紧去修补我的两轮目光
当乌云与尘土缠绵
我还得继续赶路

图书馆之问

一

春天的大地被铁犁翻开
本来在地下潜行的蚯蚓
被翻了出来,被拦腰
斩断,身体依然扭动不停

地表还留着冰雪,而地下
早已被它们的行动温暖
吃饱了泥土,它们正在把
泥土的暗香运往地面

雨水是上苍派来的援军
一直渗透到它们的尸体
耕牛的叫声是进军的号角

谁也挡不住铁犁的前进

那在犁铧下被牺牲的何止
是蚯蚓？就数它们最沉寂

二

多少幽灵被压在巨石下
是自我惩罚吗？谁被踩踏
而嗓子眼不冒烟？脊柱
被踩成弹簧，还是不说话？

呻吟和呐喊交会在这里
多少副白骨换来一行字
历史曾禁止人们去阅读
因为里面有火山潜伏

安静！安静！图书馆是世上
要求你保持安静的地方
然而每个字都是一张嘴
安静的前提难道是忍耐？

让我来帮这个无名烈士
翻一下身，然后读《史记》

三

为了通风，就得打开窗户
但是，灰尘也紧跟着进来
听任图书被灰尘霸占
就算尽到了守护的义务？

像一个妃子被打入冷宫
却不能让别的男人染指
成为活着的僵尸，是福分？
强加和强奸只差半个音！

袖子被碰触，胳膊就得
被砍掉，衣服一旦被撩开
肉体是否就要被活埋？

从未被耕耘的处女地
肥力最多，需要最强劲的牛
拉着最锋利的犁铧去开垦

四

张三给李四的一张借条
使两人的名字进了史书
多少功业被故意漏登

多少才华被肆意浪费

图书馆再庞大,也是历史的
沧海一粟,而且是偶然
被哪只鸟衔来的一颗种子
正好落在那一小块土地上

天井里的那一小块土地
栽满了密密麻麻的植物
仅剩的空隙很难插进去

我手捧种子,转了两圈
等了两年,终于逃了出来
只因我听见了旷野的呼唤

五

影子,影子的影子,堆叠
影子追赶着影子,斗殴
灯光、月光、阳光,有光
就有影子,横的,斜的
文明就是启蒙,启蒙就是
照亮,书籍是光源,也是
影子。如果光足够强烈

阴影就会躲起来，消失

这么多台复印机开足马力
这么多工作人员同时工作
相互之间，与复印机之间
几乎没什么差异！默契！

读一千本书，写两本放到
那一千本中间，就成了教授

六

小沙弥抄写着释迦牟尼
已经抄写了一千遍，困倦啊
而写经是他解乏的唯一
办法。生命像他手中的墨
正在被自己一点一点消磨
而他还不能就此停下来

亲手把抄好的经卷放入
藏经阁，他知道什么是幸福
几百年之后，寺庙被焚烧
他就不知道了，也不想知道

亚历山大图书馆的那场大火
烧掉了多少人一生的幸福
残剩的书页如火焰蔓延
造就了多少只写书的手

七

每次进入图书馆,我都是
溜边走,生怕遇见庞大古埃
成了鬼魂,他也是巨人
他是巨人,却成了鬼魂
我是小人物,但是个活人
可以绕开他,不必硬碰

吴承恩就住我隔壁,孙悟空
不愿意与我做邻居,其实
我跟所有幽灵都相安无事
他们是这里真正的主人
我来做客,就得客客气气
我几乎把自己压成了一本书

种子要来了,谁去迎驾?
我愿意自己被压成一堆泥巴

八

办证，排队；预约，排队
借书，排队；还书，还排队
这里拥挤着上百万个幽灵
最年长的比彭祖的爷爷还老
只有排队才可能轮到你
"每个人都有机会进去。"
太史公挨个通知着大家
他自己都不相信这是真话
队伍太长了，还没通知完
他就放下笔，撒手人寰

队尾在哪里？我边走边问
"你在哪里，哪里就是队尾。"
排队的人们都跟我这么说
难道从此我可以站着不动

九

到处是探头，采集我的影像
每一次我的灵魂都会出窍
差一点回不到我的肉身
在书山里一次次扔掉自己

他们说哪个是我，那个
就是我，他们认识我，而我
不认识他们。暗箭难防
书是盾牌，但我不愿意
躲在后面。图书馆不是
圣殿，然而能庇护异端

夜雨纷纷，魔鬼来敲门
仓库里都是别人的货物
仅剩的种子晾在屋顶上
我还有什么可拿来出卖？

点评：

邹军（《芒种》杂志编辑）：从诗中可以想象诗人穿梭于图书馆的场景，一本书扬起的尘埃在窗口投射进来的阳光中舞蹈，灵魂在这里与从历史长廊中过往的人们相遇，带着恭敬，带着因有鲜活肉身的骄傲和喜悦，在一张张书桌，一排排书架中沉思，一个阳光明媚的下午，一个阴雨的早上。无法言说的情绪，浓缩在诗中，思想和情感如同香火穿梭于字里行间，四处弥漫但却孤独，也一定是孤独的：便纵有千山万水，更与何人说？但诗却因为这孤独的意味而更美丽。

果园自述

一

女人怀着我的果子
慢慢进入秋天
像进入安宁的产房
手臂在树枝和竹筐间
忙碌地来回摆动

果实如同初生的婴儿
在摇篮里静静躺卧
十个月来成熟的沉重
疼痛中获得了轻松

在道路和道路之间
卡车像等待着的亲朋

焦急而兴奋地奔波
将孩子的哭声传向四方

二

在喧闹和忙碌之后
在果香飘走之后
我的树枝一无所有
大地因失重而倾斜

你把车辇停在果园外
你的采摘并非为了
果实,一见到害虫
你就将手臂缩回

一颗颗果实从你
散漫的手中掉下
在撞死落叶之前
自己的脑浆迸溅

如果你只要一颗
其他的都会被浪费

三

出去和回来的路
是同一条路
背对和面对的人
是同一个人
说出和未说的话
是同一句话

我的四肢被剪短后
被寒风捆绑在一起
它在我的喉咙口
塞满果核和果皮

在这个季节，谁能进入
坟墓，是幸福的；谁能
怀抱着果实进入坟墓
是至为幸福的

天气

第二辑

猛虎
仿佛要吞噬惨淡的朝阳

沙尘暴（上）

一头猛虎从黑暗的莽林中奔来
撞开黎明，在我早起的阳台前
旋转着，呼啸着，血盆巨口
高抬着，仿佛要吞噬惨淡的朝阳

灰尘如惊涛骇浪，狂风的
巴掌重重地抽打着嫩芽
刺鼻的怪味塞满街道的鼻孔
惊恐的人群从地上被赶到了地下

窒息。然而奔跑的车辆
还得继续奔跑，死神在大街上
踱着悠闲的方步，以诱人的
手臂抢走花坛里的蜜蜂

亮丽的建筑物披戴着黑纱
隔着玻璃墙,以紧闭的窗户
面面相觑,繁荣的衰败
使千年古城变得痴呆

谁敢向露天伸出双手
谁就是英雄的后代,从洪水
到沙漠,一个孩子的路尚未
走完,一具浮尸尚未风干

沙尘暴(下)

一

这支沙漠派遣的雄师
驾着狂风,趁着黑夜
来得猝不及防

谁能抵御
谁能将窗户关严
谁能躲起来,与世隔绝

二

整个世界仿佛增高了一寸
但也被压低了一寸
而且这增高的一寸
也全都是灰尘

这一件黄沙织就的大氅
见什么就裹什么
像尸衣裹起葬礼
但谁穿都不合适

三

这下可以轻易提取脚印了
谁都休想逃脱

扫帚、掸子、水、保洁员
严重匮乏,乱作一团

所有的房子都乖乖待在原地
只有人还不自量力地
在房子之间跑动

除了水
谁都想把沙子拒在门外
水把沙子吞进肚子里
但水面上什么都看不出来

这世界有太多的空洞和裂缝

沙子总能乘虚而入

谁敢开口
谁敢露齿而笑
谁敢睁大眼睛
妄图看清

最好把嘴闭上
把眼合上
捏住鼻子

把七窍交出去
才能把自己找回来

每一个毛孔
都有被渗进沙子的危险
每一个梦都要被现实填满

四

逃跑的速度
远远不如沙子的追赶

最终的命运是被淹没

跑得最快
也只能推迟这种结局的到来

而停下
就会被就地掩埋

五

只有长时间费力地擦拭
才能消除表面上的沙子

那些钻进了书里的
可能会存留几十年、千百年

谁能穿越沙尘暴？
谁能在长期的穿越过程中
避免成为一具干尸？！

雾霾大城（组诗）

一

昨夜，谁偷走了西山
今晨，用它填塞住我的窗口
天空真的空了
因为它太满了

二

只有灯光
能在黑夜的肌肤上
刺绣出这么多
已经被抹除了的房子
富丽堂皇
一如蒲松龄笔下的豪宅

三

孩子

这大马路上

凭空长出了这么多道门

我听见了你的脚步声

却看不见你奔向我的脸庞

四

全城的空调口

都在抽"二手烟"

其实抽一天

就足够

让你的咳嗽

从大洋的此岸传到彼岸

五

纵使每一片雪花

都是扫帚

也清除不了

这漫天的谎话

六

监狱的牢门
被可吸入颗粒物
牢牢锁住

通往远方的道路
被以安全的名义
封死

裤腰带上挂着钥匙的人
却在远方等待着
交通的恢复

七

雾霾的巨爪
在大街上
随时把人摁倒
任意把人抓走

太阳
被蒙住了眼睛
连见证的资格
都被剥夺

八

你就把车当作惊涛中的
礁石吧
时隐时现

既然你不得不到对岸去
你就得倚仗它们
一显露
你就踏上去

它们可能
前赴后继
把你扛到目的地
也可能在中间
把你甩卖给
一粒尘埃

九

经过口罩的审查
这里不会再有
肮脏而危险的话

你可以放心地

把耳朵抵押

给别人

不管他是圣贤还是魔鬼

经过面具的过滤

你的精神

不可能被污染

你可以放心地

把灵魂委托

给别人

不管他是魔鬼还是圣贤

十

有多少红尘

隐藏在雾中

趁着夜色大举进城

霸占了你的家

伏击了我的心

而你还在雾里看花

像那只小蝴蝶

把家

安在花心

然后学鸵鸟
把脑袋
塞进沙尘

十一

我所期盼的那阵风
还在西伯利亚的矿井里打呼噜

它是否会像一架"三叉戟"
在飞越蒙古大草原时
猝然夭折

在到达我的房顶时
它是否有足够的威力
刮掉我头上的帽子

是否能以强弩之末的一口气
吹开这厚如深渊的殓衣
救出我这个
一生下来
就奄奄一息的大梦

十二

我的久已被雾霾强暴的目光
怎么能与阳光相恋
被早晨的太阳直视
就那么一下
我就感到晕眩

被过街老鼠似的车载着
行驶在羞愧的道路上
我不能完全控制方向盘

经过了一整个冬天
我终于重新看见了西山

但是,$PM_{2.5}$依然像一柄剑
悬在我的山头

评语:

1.勇敢的心:北塔老师的诗犀利,不失诙谐,发人深思!

2.白兰:(1)北塔的诗歌没有前奏,开门见山,直取要害。

(2)北塔善于隐喻和象征,且喻体准确,象征而不模糊。

(3)大开大合,有陡峭之感,使得诗句具有张力。(4)感性与理性交相使用，使得诗歌松弛有度。（5）这首《雾埋大城》，表现手法依旧是北塔特色，取之大雾，诗意延伸拓展，直指我们所面临的社会种种问题。因此，读后有沉重感、疼痛感。

盼望一场雪

在这寒冷统治着的北方
我盼望一面被风刮倒的大旗
伤冻的蔬菜无医可治
冬天的肺在城市的中心
钟声似的哮喘着
感冒一般平常的一件事
滞留在我的盼望里
谁能将传染的病菌
从烟尘里拉出来
谁能从烟尘似的人群里
抓出那个衣冠楚楚的贼
只剩下偶然的火
到达不了干枯的木柴
我的枯干的手
紧紧握住一把雪
一把连赤道也融化不了的雪

春雪

春雪拦住黑夜里的玫瑰
使我内心的石头流露芳香
少女的梦想高过楼顶
斗室里的野兽取消出行

花朵后面总是黑色的枝条
被春雪映照出百般羞愧
人群集聚,又四处分散
一条路左右着早晨的疲倦

从你闪烁的眼眸中,我看到
狡黠的星辰和疑虑的云团
你的愿望将随春雪消融
喧闹的花园将杳无人踪

都市里的庄稼地日益萎缩
太阳下的春雪还能保持多久

水系

第三辑

透明的水
总让你感到无处藏身

温榆河[①]之冬(组诗)

一

黑色的水
黑色的岸
夹击着白色的雪

二

在最高的枝头
喜鹊给乌鸦
准备好了巢
让人仰望
只是为了让人仰望
尤其在冬天

[①] 温榆河,北郊的一条河,属于北运河上游水系,是北京市五大水系之中唯一发源于北京市境内的河流。

叶子纷纷往下掉的时候

三

一只只绵羊
像一块块石头
压断了瘦削的枯草
血染透了暮色

四

在桥与桥之间
我来回地走
不是坐船
而是坐车
水离我如此近
又是那么遥远

五

晦暗中的郊野
异常空旷
一座孤零零的房子
被村子放逐
被城市拒绝
像一个流浪汉的影子

等待着人间灯光的救助
却被天上的星光收留

六

红色的航标灯
只有天昏地暗时
才睁开眼睛
不是为了看
而是为了被看
是别人的眼睛
所以不知道
长在谁的脸上

七

新路开通
老路就要被抛弃
车在新路上跑得飞快
那是水泥路、柏油路
而我愿意停下来
到老路上去走走
用脚走,慢慢地走
那是土路、石子路

新路和老路边上的草木是一样的
到了冬天都会枯萎
两条路上边的天空是一样的
到了夜晚都会变黑

八

一个即将腐烂的苹果
掉落在臭水河里
溅起的水花芳香四溢
像香妃公主
被埋入皇宫
被嫁进坟冢

龙潭涧 ①

一

　　黑暗中的行驶异常缓慢
　　山路弯弯,正好欣赏
　　两侧逐渐暗淡的风景
　　我还得走多少路才能

　　到达山顶?也许是明天
　　而今夜我们得留宿在山腰
　　你会拥有一个小房间
　　安顿你的歌声和舞蹈

　　突如其来的一场雨使我们
　　谁都出不了门,门口的花朵

---

① 龙潭涧位于怀柔区琉璃庙镇东峪村云梦仙境自然风景区内。

兀自开放,承受着遗忘
青虫肆意戏弄着灯光

我仿佛听到你隔墙的呼吸
美梦使我们相聚又分离

二

山林变换着形状,我们
当然还得向上;你可以
面对着不守秩序的岩石
高歌;你可以在悬崖边站立

俯瞰峡谷里瘦削的溪流
有如磨坊里的奴隶,年年
随着旋转的命运旋转
行囊里装满干粮似的石头

越是美丽的蝴蝶越容易
被追捕,被夹在小学课本里
作为炫耀的资本和教学的
道具!小蝉死在了开裂的

壳子里,而四周依然传来

欢快的鸣叫，令猿猴悲哀

三

当你从一块倾斜的岩石
旁边走过，被它的阴影
摄去了魂魄；你将乐于
走下坡路，轻松而无情！

你的眼神既然跟虚无的峰顶
达成协议，你的双脚就得
跟山坳交战，你将与我同行
在同一场雨中接受会诊

蜈蚣公然在路上游行
没有一片云愿意为它们
停留。想为你闪烁的眼眸
寻找理由，我却被飞鸟
夺去了对你的仰慕，只剩下
一双手高举在空中，喑哑

昆明湖 [1]

一块碧玉
从小家被投入宫苑
一方天庭的地板
被暴怒的神仙一脚踩落

暴雨是谁的眼泪
要在这里汇聚
女娲拿宝玉填补了天洞
黛玉却永远留在了大观园
被葬在她自己养的花下

---

[1] 昆明湖,它的面积约为颐和园总体面积的四分之三,原为北京西北郊众多泉水汇聚成的天然湖泊。与昆明无关。

昆玉河[①]

一

我多么希望两岸能暗下来

静得连恶鬼都不好意思出声

我的被长久囚禁的夜航船

将被星辉释放

将驶向所有的码头

在任何一棵芦苇上

都能够停靠

二

这段旅程必须要经过桥下

阴影在集聚

[①] 昆玉河是京密引水渠下游从颐和园昆明湖通到玉渊潭八一湖的水道,长约10公里。京密引水渠是把密云水库的水引进北京城区做饮用水的人工渠。

噪音在加剧
我不敢过多停留

三

我的车，我的鞋
在灰尘和燥热里待得太久
到水边去，到水边去——
恨不得到水里去
但是秋水如刀
谁敢往里跳

四

在故乡的河岸
我几乎认识每一种植物
如同我的手心手背
而在这个我生活得更久的城市
所有的植物都像对门
居住了十年的邻居

五

遍布诱饵的水域
总会有鱼

从生到死都是沉默
游来的时候是那么活泼
在空中被迫跳完最后一支舞
便被甩入了塑料桶

六

我想乘船逃离
急匆匆赶到码头
空无一人
只有船被缆绳拴在铁钩上
像一条走狗
被吊在已经关门的市场上
等待被剥皮

且让我把波浪的嬉戏
念作欢迎词

七

一条狗咬住灯光的裤脚管
往繁茂的枝叶间拖曳
就像是在储藏一块骨头
当作明天的早餐
而黄昏很快就被它的尾巴
扫入了草丛

什刹海

一

我在什刹海
被明月追过多少债
被清风剪过多少情

我的船到了桥头
却还没有一个笔直的方向
你还没有做好上船的准备

我的船将要穿过桥孔
被笛声推动
还要与波浪缠绵一通
然后，才回到码头
与夜色拥抱

你上岸了
我的橹还在划动
它想继续
它想远行
载着你
载着月光

二

而我们的黄昏
只配被蝙蝠的舞蹈收留
树枝抽芽
并不是要让你欣赏鲜花——
你不要在杂乱的影子中
踯躅到天亮!

只有汉白玉栏杆是可靠的
你倚着我
不如倚着它
但是我比它温暖一千倍
我甚至可以先暖了它
再让它来暖你——
如果你还是感到寒冷

我宁愿我的梦被冻进冰窟窿

今夜
只要还有一杯酒
我就能陪伴冰凉的石头
坚持到破晓

三

在喧嚣的尽头
一本书被打开
在寂静的起点
一面镜子被打碎

你的容颜被一股尾气拐走
我在众星归隐之后
读着什刹海
读着生活的碎片

咖啡的香味从画舫的舷窗里冲出来
一只蜻蜓在摇晃的荷叶上蓄势待飞
为了让小鱼儿在湖里畅游
我们必须合谋
阻止蚊子叮破这平静的水面

我的憧憬已经严重萎缩
已经容不下一只蝴蝶振翅

我应该放歌
但蝉已经从树顶滑下
即将进入泥土
去完成一次蜕变

四

音乐融化于水
就成为酒
时间一长
就成为烈酒
有幸沉醉的是那柄木桨
最终它将跟船一起
被废弃、被忘记

露天游泳池

你冒着丢失衣服和钥匙的危险
就像一把钥匙,投入这水做的门
第一个姿势就使勇敢者感到
灭顶之灾。一条遮羞的游泳裤
在水中奋力前行,就像
在一场浩大的群众运动中潜逃

每一次比基尼的到来都像花朵
猛袭镜子,那向上飞溅的玻璃碎片
被夕阳染成五光十色,使你晕眩
你的双耳在被水侵占之前,不堪
蝉鸣轰炸。你害怕自己的目光
太硬,太容易被半裸的彩虹折断
你宁愿深深地沉入水底,而那透明的
该死的水,总让你感到无处藏身

从这头到那头,你拼命游动
像囚徒在地牢里徒然转圈
细心的波浪使你的下沉不至于太痛苦
只要你紧闭嘴巴,水就奈何不了你
这与人共享的水,这被门票分割的水
哦,你必须在规定的时间里游完规定的路程
才被许可游得更深。去年的溺死者
正如十年前的溺死者。谁也想不起
她的花容月貌。那曾对她人工呼吸的医生
此刻正力图用水拯救他自己的体型和青春

谁也别想用水来拯救别人
谁也别想用水来伤害对方

每一个穿越水的人都可能变成圣徒
那些刚刚上岸的人正在蜻蜓一般地
操练自己的动作。一口水可以断送
一条命。一口水可以挡住死神的步伐
到底是先穿越沙漠,还是先穿越水
哪一个圣徒更加有力,更加有福
天鹅的翅膀张开,阻止了云朵的涣散
没有飘浮的杂物可以依靠。连苦难

的记忆都不能击中她优美的泳姿
而你与她一再地擦肩而过,只有水
和水接触。你的水和她的水是一样的
同样的水碰撞不出火花。黄昏的凉风
会带走她,只剩下你和这张新婚的水床

路桥

第四辑

红灯和绿灯
总是交替着明灭

蜗牛路

我走上蜗牛路
自然得放慢脚步
两旁是青草的诱惑
前面是喜鹊在催促

只因为喜欢潮湿
任凭苔藓占领了家
蜗牛集聚于花坛
如群臣集聚于祭坛
围着求雨的皇上

皇家园林有皇家气派
蜗牛们在路上趾高气扬
我的心可能会长出硬壳
我的脚会变成脚下的石片

回南湖渠的路

这是北京的盲肠
几许车辆犹如米粒
在伟大的城市改造
运动中掉了进来

汽车尾气牵着行人的鼻子
往他们的七窍里猛灌灰尘
饭馆张大着饥饿的嘴巴
肮脏的饭碗像许久没有刷过的牙齿

发廊蓄起长发
照相馆严重曝光
服装店全身裸露
百货商场空无一物

水果摊上叫卖的桃子正在腐烂
熟食店里的售货员还没有成熟
老住户纷纷外迁
新住户还没有入住的打算

草坪像产妇一样平躺着
与伤疤似的工棚对峙
等待种子雨点般洒落
等待机器前来强暴

这是一条需要大修的小路
太多的坑洼需要填平
太多的垃圾需要清除
太长的行程需要路灯来鼓舞

南衡西街的一天

一

南衡西街的一天
从小餐馆剁菜的声音开始
那被切成数截的鸽哨
跟断断续续的鸡鸣
搅和在一起
去填饱一个早起的学校

二

你将在梦中
被迫把梦交出去
而失眠那样的大问题
不是翻身可以解决的
所以你宁愿被一把刀惊醒

一把反射着阳光的利刃

三

一声爱的霹雳砸烂了
你往昔生活的窗户
却撩不开你嗜睡的窗帘
高楼上的女神啊
那倾盆而下的大雨
使你孤独的双人床
像一片荷叶,漂浮起来

四

礼拜寺的钟声
吞咽着我们无声的祈祷
香客们杂沓的脚步
使老街恢复了活力
信仰从我们的指缝间漏下
但我们从不缺乏礼拜的偶像

五

初秋的夜色有点硬
使胡同的肠子蠕动不畅
一只无家可归的猫

用爪子数完最后一片瓦
但它还是不愿意下来
为它准备的鱼
已经由腥变臭

六

废墟中蕴藏着
一个绿色的传说
一座大厦的倒塌
可以证明过去的辉煌
另一座大厦在原址重建
只能证明过去的荒唐

七

在羊肉称霸的世界里
牛肉总能分一杯羹
只要舍得自己从骨头上被
剔下,投入沸腾的火锅

八

一只狗留下脚印
像爱情留下创伤
除了灰尘,什么

能证明这路上的遗迹
除了眼中含泪的人
谁能看见这奇迹

九

必须拐一道弯,再拐一道弯
我才能到达美味的黑暗
坐下去,凳子会散架
车轮会就此打住
我还有多少时间
可以用来跟小狗一起挥霍?

十

逃离现场的一个西瓜
只能在冰箱里熬过一夜
我们的心都已进了冰冻期
槐树的叶子落在屋顶
我是否还能把它们
扫成一堆,当场点燃?

三环路上的花朵

被摆放在京城显赫的位置
犹如王妃
在我的反光镜前搔首弄姿

而你属于风尘
从未曾鲜艳
你的美丽
被车窗一晃而过
哪怕是被轮子碾过的幸福
你都不曾拥有

子夜时分
街道显得异常空旷
是否会有一只手
冒着被撞成碎粉的危险

迅速横跨马路,把你摘走

好几回,我
差点与你耳鬓厮磨
但刹车总是敌不过油门
留给你的,总是一股尾气

四环路上的蛙鸣

离我最近的池塘
被摁在了大马路下面
在钢铁蛤蟆的洪流中
恍然传来阵阵绿色的蛙鸣

沿着下水道
沿着京杭大运河
乘着银河的波涛
潜行而来
一到就破窗而入

西南三环的黄昏

道路绑架了路灯
我的车只能与黑暗缠绵

从西转到南
如同从生进入死

在每一个拐弯处
我只能任凭轮子滚动
与地面摩擦、生火
发出灵魂出窍的声音

假如我这时候抛锚
那么,正中了黑夜的下怀
一只羊可能撞进虎穴
一只虎也可能掉入陷阱

万物变动不居的时辰
一切皆有可能
我也有模糊不清的时候
没有发生的也会被误认

红灯后遗症

在红灯前停下来的人们
有福了,一辆载重卡车的
大轮刚刚恶狠狠地滚过

红灯总在意料之中
在每一段路上想着
红灯,是我们的习惯

十字路口,红灯和绿灯
总是交替着明灭
当并不炫目的红灯消失
焦急的等待得到补偿
习惯于红灯的人们
在绿灯浅浅的微笑里
往往激动得迈不开脚步

白线区

我在白线区立足未定
你的轮子戛然而止
像槐花的第一阵散落
我的灰尘急忙收回
并且对自己说
这不是第一次

没等红灯的脸发烫
你转了弯,并说
你看错了方向

而我的目光已被
你后面的灯光定向

空巷

我又去了那条空寂的小巷
浪费了一整个早晨的新鲜

灰色的天空
更灰的是两边的围墙

往前走多少步
往回走还是多少步
连启明星都失去了尸骨

让冬天伤心的草
停止了生长
在树的阴影里祈求阳光

还是昨夜的风
从你的口袋里吹来
在我的脸上改变了方向

波希米亚人的南锣鼓巷

锣鼓敲响,猴子必须跳下箱子
手脚并用,从北口一步步挪到南口
哪怕得不到一声喝彩、一根香蕉
它也得走完,这是猴子的工作需要!

这巷子如一只巨手,捏弄着
所有行人的脸面,越标致的
会被捏得越变形,一入口
你就得经过哈哈镜的改造

这巷子如一条人工河,旋涡
把老外都熬制成了北漂
我的小巴黎被英语抢了风头
比利时男孩被做成了薯条
让我的童年只在舌尖上残留

这巷子如一缕烟,从鼻烟壶中飘出
越变越浓,直到被雾霾的鼻子收编
盗用我的村子,夺取了我的稻香
一页纸封闭了帽子下的一整个书店

这巷子如一把咖啡勺
舀走了沙漏里的这么多沙子
量走了地砖上的这么多步子
仅仅一下午,这么多人被火山喝掉

这巷子没有你的雨也没有我的江南
如果戴望舒来彳亍,肯定相看两厌
上海女人嫁给了大银家的小锤子
叮叮当当一千年,敲不出银子的精髓

大早上扯开嗓子练了很多遍的台词
还不如一碗伪炸酱面能勾魂
还不如施了重刑的牛仔裤
更能让中戏女学生成为摩登红人

老北京布鞋布满了各地进贡的宝石
让我这个过客步履维艰

哈尔滨被马迭尔忽悠来到京城
享受八品待遇

创可贴脱掉救死扶伤的白大褂
在十字路口公开招徕创伤
当铺撕下历史的假面具,等着
我去把自己典押给一堵老墙

人被人叠加,人被人取缔
谁能第二次看见并记住我的脸
以文化的名义,小商品卖了大价钱
在这垃圾桶和美色一般密集的街市上
我连文明的垃圾都难以捡到

穿过南锣鼓巷

经过漫长又短暂的地下旅行
终于回到光天化日
一盏红灯独眼圆睁,横在我眼前
我得求它开恩,变绿
让我得以通过这人生的十字路口
马路对面似乎就是我的彼岸
真到了那边,才发现
只比这边多几辆共享单车

我得穿过密密麻麻的商品森林
才能得到那点可怜的木柴和水

我系紧鞋带,绷紧肌肉
目不斜视,大步流星
像一个亡命徒

又像一条运货船
急急划过这浊浪滔天的人海
香味割断了我的鼻子
美色戳瞎了我的眼睛
吆喝声像浩浩荡荡的送葬队伍
葬送了我的耳朵

我像一个被刚刚抓住的逃犯
被四枚钢镏前后左右押解着
驰往高墙大院
去接受干柴和水的囚禁

我带着流亡生涯中的所有家当
穿过热热闹闹
像一粒细小的石子
穿过滚烫的小鸡肚肠

七夕（鹊桥）解构

一

喜鹊的翅膀收敛成铁壳
小爪子进化成轮子
滚动在饥渴的长安街
它们叼着夜色
像叼着细小的树枝
一直到了长街的尽头
也无处安放

今夜，桥上的人太多
情感太重，动作太大
鹊桥塌了
成千上万的喜鹊纷纷掉进
路灯织成的波涛

二

要经过多少座钢筋混凝土天桥
才能到达传说
今夜,千百台汽车想要变成喜鹊
多少羽毛却被它们撞飞
多少肉身却被它们碾压成泥

银河干了
像你我之间的西四环路
但我们还是无法跨越

银河暗了
像大陆和岛屿之间的海底隧道
但我们还是要相互照亮

鹊桥塌了
成千上万的乌鸦和癞蛤蟆
诚心前去驰援
却被纷纷赶回
据说它们都没有资格

市场

— 第五辑 —

潘家园（古玩"鬼市"）[①]

一、开场语

抹去目光上厚厚的尘埃
潘家园吵吵嚷嚷已展开
没有屋顶，只有围墙
走进历史，我们不能再

掩饰，否则将全都被蒙蔽
大地历尽沧桑，还得负载
苦难，在多变的天空下旋转
最大的幸运是化成云烟

[①] 潘家园旧货市场原来在北京文物古玩圈一直有"鬼市"之名。据说，可以追溯到民国初年。每周六凌晨3点，离正式开市还有一个小时，但市场门口已是人头攒动。人们晃着手电筒的神秘交易已悄然开始。

二、马鞍

骏马在奔驰中脱掉鬃毛
褪去皮肤,最后丢失了
骨头和内脏。坚实的鞍子
落魄在潘家园,驮着骑士的

灵魂,被鞭打,被翻来覆去地
摆弄,像一页被风吹到
沙滩上的航海日志,被泡糊的
字句里依旧起伏着大海的狂暴

三、玉簪

女人的苦乐全都盘缠在
头发里,不被剪短是她的
福分。雕花的玉簪伴随
她一生,临死时,她取下来

递给如花的小孙女,插入她
正在生长的秀发。什么时候
女人的头发不再生长
玉簪流落到光秃的潘家园?

四、铜匙

大门打开,二门打开
闺房里惊慌的衣柜被推开
老爷的足音在梯子上消失后
差点被闷死的书生扑了出来

被闪光的铜钥匙紧紧抓住
在潘家园我邂逅这把钥匙
懦弱而多情的时代已经过去
没有闺房的衣柜空空荡荡

五、瓷瓶

在僻远的柴窑里艰难地出生
就看到同胞们碎骨粉身
多少回,在仆人小心擦拭时
险些被跌破,多少鲜花

萎谢后,枯凋后,换成绢花
时刻在死亡的边缘,使你
习惯了死亡。但是在潘家园
你依然明艳如盛装的王妃

六、铜镜

铜镜模糊,但没有破碎
红颜消退,但没被摧毁
美梦联翩,从未被夜枭的悲鸣
打断,但可能记不起来

我们在潘家园边走边看
没什么梦想要圆而不能圆
过去的一切和将来的一切
在模糊的铜镜中尽情显现

七、金莲

一双双绣鞋钳制过多少脚
到今日还在潘家园的上空
高高悬挂,像尚方宝剑
透露着阴森而膨胀的气息

小脚踏尽坎坷后伸入坟墓
大脚会不会飞奔而来
捧起金莲,种植在欲望里
在解冻的湖面上朵朵盛开

八、手炉

平坦的手炉像男人的胸脯
喝下足够的烈酒后,回到家里
依偎着心爱的女人,任情感
久久燃烧,去温暖那冰凉的

小手。一个落难的男人
醉倒在潘家园寒冬的一角
身边堆满了空虚的酒坛
裸露的胸脯紧贴着白雪

九、桌椅

家园破败后,无辜的桌椅
四处流徙,像聪慧的弃儿
被大街捡拾,送到了潘家园
住进房屋,却不是家园

被手抚摸,却没有亲情
这些不会说话的奴隶
在异乡,只有被拍卖的命运
而家园何时才能重建?

蓝靛厂市场

风雪肆虐的傍晚
我在陌生的道路上
倍加想望
蓝靛厂市场

白净的大馒头
在纱布下热气腾腾
像新嫁娘的乳房
盼望着夜归人紧紧一握

肥猪跑过巷口
在雪地上留下蹄印后
也留下了蹄子
此时已在大锅里芳香四溢

灯光像一个温和的长老
带着蔬菜的兄弟们
领着瓜果的姐妹们
团圆在小街的两头

勤快的纸币
往返于商贩和顾客之间
甘愿走出暖和的钱包
陪伴冰冷的秤盘

大饼和带鱼互叙寒暄
饭馆递过来亲人的招呼
啊，一碗薄酒，一碟花生米
就足以抵挡乡愁的寒潮

蓝靛厂的淤泥
都在与行人的脚步亲昵
蓝靛厂的盲人
都在欣赏梦中情人的眸子

而我眼清目明
却只看到黑夜在风雪中降临
双腿蓄满了力量
却只在蓝靛厂的外围奔忙

城乡超市

像老鼠钻入粮库
你畅游在商品的海洋
背上的标签被揭去
像鱼被揭掉鳞片
纸币如电子秤
最能精确地说出
你的价格和分量

沙丁鱼快乐地游入铁罐
而汛期从不间断

把工厂、田野和果园
集中到一起
他睡着,随时可以用
他走着,随时可以吃

他们与商品联欢

无休无止，没有一片肉

不愿意显露自己

在买与卖的行为后

谁都不会后悔

仿佛总是双赢

市场的黄昏

没有一个鸡蛋会受孕
没有一颗土豆会发芽
我能准确区分肉的种类
只有牧童能区分禽兽

早上被割下的小青菜
支撑到此时才断气
十天前萝卜就离开了坑
到此时还未脱皮

黄瓜不再牵挂藤蔓
西红柿满脸通红
大葱往外翘着根须
仿佛还在抱怨泥土

没有一朵蘑菇不撑伞
没有一棵包菜不穿衣
俎板上豆腐已瘫倒
开了膛的鲤鱼仍在跳

调味品前排起长队
还没有甜酸和苦辣
人生就是一杯白开水
喝完后是空气一杯

他们想在离开前
卖掉所有的货物
我们的口袋不空
货源就永远充足

在市场边玩耍的孩子
玩得忘了家的孩子
请你将弹弓拉开
将眼珠射向天空

让它们像星星一样
照彻黑暗和混乱
让我在天国的辉光里
从容地收拾这市场

新王府井颂

推土机赶走了老居民
赖着不走的大妈死于回忆
姑娘们跑回来,落户于
包房和酒吧,以小费度日

王爷的马鞭像条毒蛇
盘缠着新华书店的营业员
一只爱书的手摸过书脊
是个盲人,但并非文盲

从此你就得学会享受眼福
任何一件商品的价格
都会烫伤你的手指,使你
回不到平稳的座位和心态

出去的更难,进来的更容易
在出去和进来之间,一个个
全都穿着入时,转瞬即逝
生活被提升得不可企及

而你仍然生活于四毛钱的
车票、三毛钱的公用电话
豪华商场的入口免费参观
老字号变了花样,赶上了时尚

接下来是医院,气宇轩昂
但缩在胡同尽头;白大褂荡漾
在受尽病痛的空气里,而微笑
依然垂挂在实习医生的脸庞

王府井是个赌场,谁都想
携带所有的积蓄前来痛快一秒
啊,在这气派的露天舞台上
布景奢华,而市民成了主角!

王府井的每一寸空间都是
黄金,但整个儿还不如我爱人的
发丝一根。我会去得更殷勤
只因王府井之上还有她的眼睛

西单

人跟着人,却互不相认
再往前一步
就会被脚下的砖头出卖
牧羊女的歌声
被驴叫似的吆喝声冲走
商品之间摆放着
女人的爱情
随时可以退换
而男人手中的票根
被宣布已经过时

物

第六辑

第一部分　文物

拴马桩[①]

这些腿，这些离开了躯干的腿
这些在奔跑中渐渐缓慢下来的腿
这些在厮杀中被砍掉的腿
像彩虹的碎片，被抛进了现实

它们曾高高地、直直地矗立
如同大地向天空射出的欲望
在尘土中停留、沉默得太久了
以至于成了石头，马的敌人

一匹马驮着风，已经跑过
无数个村庄，一堆鲜嫩的草料
岂能让它停住？但是拴马桩

[①] 以前广泛应用于北方的石雕品，也称"拴马石"，用以拴马、牛等牲畜。雕刻精美的被称为"样桩""看桩"。本诗所写的这批来自陕西，目前在中国现代文学馆院内。

用缰绳咬住了它的脖子

主人的鼾声大作,这马正
强忍着泪水,强忍着虱子的
嘲弄。还有什么比耗子的尖叫
更能迫使它的血液冷冻

今夜,有多少马由于劳累而睡去
又有多少马企图逃离而一夜无眠

卢沟桥的石狮

我们在石头里已经被禁锢得太久
连心、连笑容都被石化了
不要责怪桥面凹凸不平
那都是为了让您慢行
为了让您多看我们几眼

我们这些被驯服了的百兽之王
像朝堂上的文武百官
各就各位,不得自行换位
还得摆出各异的神态
像乞丐,连饭碗都端不稳
乞求着那来自九霄的怜悯
像雨水一样洒落

然而,自从那突如其来的狂潮

卷走了我们的鼻子、手臂和脚趾
就再也没有足够的水
流过这不再需要我们镇守的河流

永定河水被迫掀起
永不安定的浊浪
降伏它,本是乌龟的差使
为什么要由我们这些
旷野的子孙来承担?
让乌龟去背负石碑吧
那些石碑因为刻有皇帝的题词
而显得更加沉重

我们被剥夺了山林
成了平原的奴隶

五塔寺[1] 石雕

总会有一些野兽
装扮成吉祥的石头
以谦卑而一贯的姿态
恭候在寺院的门口

更多的石头被固定
在院中的各个方位
只因为坚硬而被
肆意地雕镂、刻写

骏马和乌龟被放平
在同一速度上,经过
众多的巧手,石头

---

[1] 五塔寺原名"真觉寺",位于海淀区西直门外白石桥以东长河北岸,始建于明代。院内摆放大批碑刻藏品,形态生动逼真。

压着石头,全成了工具

风吹日晒,它们被
抬出来,证明那逝去的
时代和皇帝的恩赐
忠奸是此一时和彼一时
阳光热忱地照耀着
魏忠贤死后的殊荣
青草缠绵地攀缘着
一代昏君的龙袍

连外来的和尚都受到了
加封。经卷和佛像
在石头上变得模糊不清
使最高的恩宠下降

在石头被玩弄的文明里
艺术像猎物似的被追逐
武器和武器碰撞后
相继都变成了哑巴

只有墓碑炫耀着死者
曾经的存在和失败

碑文写得越华美
他的梦想似乎越精彩

欺世盗名的谎言
无所不在，旷世的
功名也得靠石头保存
谁能说历史能不证自明

荒芜的道路引向石头
犁耙失去了土地
箭镞失去了靶子
一切都得靠石头来回忆

燃灯塔 [1]

众多的祥云奔赴你的肩膀
你沉稳地傲立在鸟瞰的闲适中
让胸口的怪兽停止腾越
被尽情地刻画,被无情地驱赶

干结在鸟粪中的种子将发出
春天的吼叫,而此刻的冰雪
压迫着你冰冷而紧缩的躯体
像一箱巨大的固体燃料

只等待闪电那意外的一击
久远的天空渴望一场战斗
从太阳的中心偷来热量

---

[1] 燃灯塔位于通州区北城,辽代创建,明、清多次重修,为八角十三级密檐式实心砖塔,高约45米。须弥座双束腰,每面均有精美的砖雕。

在难以承担的气候里释放

北运河像巨蟒一样向着你
游来，带着布帆和沉船的碎片
将像草地淹没你周围的栏杆
那被淹没的故事将使你暗淡

第二部分　活物

一棵街树的自悼
——戏仿牛汉先生的《悼念一棵枫树》

题记：极为意外，当我一口气写完，一数，恰好都是81行，跟牛汉先生的《悼念一棵枫树》一行都不差，命中注定要有我这一首。

　　熙熙攘攘的街道边
　　我这显得过于庞大的躯体
　　被伐倒了
　　在人最容易集聚的晌午

　　远近几个街区
　　和跳蚤一样的市场
　　都听到了，感觉到了
　　那电锯持续不断的轰响

家家的门窗和屋顶
每双鞋、每辆车
老少爷们的每颗心
都一动不动

哪有什么悲哀?
他们都断定我是木头
没有疼痛的器官
我的汁液不是红色的
所以不是血液

我只有沉默的香气
像是最后一口气
被迫从伤口发出
像一根游丝
在飘到人们的心头之前
就被汽车尾气收编

我没有"生命"
哪来那么多气息?
石子、电线杆、小卖部
请你们都节哀顺变
我不会赖在你们面前

像个泼妇似的满地打滚

三分钟之后,我
就会被剥去所有的枝叶
就会被腰斩成
一段一段的,像香肠
我将被勺子一样的起重机吊着
送入卡车的大嘴巴
未经怎么咀嚼
就将滑入工厂的大肚子

我没有眼泪
我不想浪费
这干旱年代的哪怕一滴水
我也不想向任何人道别
麻雀啊,喜鹊啊
你们都在外面忙着各自的生计
都别飞回来了
等你们回来了
我早就烟灭灰飞

你们说我还有根?
我的根还与大地相连?

是啊，我还有根
但很快就会被水泥盖住、闷死
一条缝、一个孔都不会留存
与潮湿的泥土相连
是让我的根更快腐烂

在我倒下的地方
在我被迫让出的空间
高楼会越长越高
它们将昂着被风云削尖了的脑袋
仿佛一口要将日月吞掉

我还没幸福地倒在地上
就会被鹤嘴叼走
我还有一句话
想借助火焰的舌头说出：
"当初我到这儿来，
也是你们的安排。"

附录牛汉先生的《牛汉诗文集》中的《悼念一棵枫树》，供有兴趣者比较。

悼念一棵枫树

我想写几页小诗，把你最后的绿叶保留下几片来。

——摘自日记

湖边山丘上
那棵最高大的枫树
被伐倒了……
在秋天的一个早晨

几个村庄
和这一片山野
都听到了，感觉到了
枫树倒下的声响

家家的门窗和屋瓦
每棵树，每根草
每一朵野花
树上的鸟，花上的蜂
湖边停泊的小船
都颤颤地哆嗦起来……

是由于悲哀吗？

这一天
整个村庄
和这一片山野上
飘着浓郁的清香

清香
落在人的心灵上
比秋雨还要阴冷
想不到

一棵枫树
表皮灰暗而粗犷
发着苦涩气息
但它的生命内部
却贮蓄了这么多的芬芳

芬芳
使人悲伤

枫树直挺挺的
躺在草丛和荆棘上
那么庞大，那么青翠
看上去比它站立的时候

还要雄伟和美丽

伐倒三天之后
枝叶还在微风中
簌簌地摇动
叶片上还挂着明亮的露水
仿佛亿万只含泪的眼睛
向大自然告别

哦,湖边的白鹤
哦,远方来的老鹰
还朝着枫树这里飞翔呢

枫树
被解成宽阔的木板
一圈圈年轮
涌出了一圈圈的
凝固的泪珠

泪珠
也发着芬芳
不是泪珠吧
它是枫树的生命

还没有死亡的血球

村边的山丘
缩小了许多
仿佛低下了头颅

伐倒了
一棵枫树
伐倒了
一个与大地相连的生命

1973 年秋

盛夏蝉鸣

盛夏如一口炼钢炉
蝉鸣是沸腾的钢水
当我穿过小树林
那炉子突然倾覆
钢水直直地灌入我的耳朵

我想举手拿一团云
塞入耳朵
保住我的听力

却看见那云
被阻挡在我的手指尖之外
只差手指尖那么一点距离

第三部分　什物

烂尾楼

烂尾楼
是一座坟墓
埋葬着多少秘密

烂尾楼
是一个黑洞
吞噬了多少光明

烂尾楼
是一座废墟
只有被爆破的命运

烂尾楼
是一团黑雾

消散后什么都留不住

烂尾楼
是一个马蜂窝
谁敢去捅?

拉煤的板车

一

这白茫茫中的一点黑
如同火柴头
每一步
都像是划过
这没有磷的都市的边缘

那白与黑之间一刹那的摩擦
是否能给他自己
带来一点暖意

二

我的眼睛如同炮座
这从我眼中射出的花朵

直直地砸穿了摩天大楼的顶层

不是为了爆炸
只是为了融化

融化在你的融资计划书中
让你看着看着
感到一点点
来自远方的湿润和陌生

三

一颗流星刺破西部的大气层
只是为了毁灭自己

最不幸的
是没有足够的大气
供它燃烧
使它绝迹

它不得不忍受
自己的残肢断臂
在垃圾山上
被成千上万人寻找

被出卖或被藏匿
它都得在这个世界上苟延残喘

四

给汽车让道
给自行车让道
给行人让道

所以你最慢
因为你最重

所以你最黑
因为你最亮

你的脸可以被抹黑
但你的牙齿、骨头和劳动清清白白

白雪融化后有最黑的泥泞
你只管把车轮往这泥泞里送

大卡车

一

大卡车,碾碎了超载的梦

从山西,从大同
仿佛是从一千米深的地下
大卡车源源不断地运来煤
此时北京正在沉睡
黑暗中看不见煤的黑
阳光下看不见火的光

大卡车永远在黑暗里蠕动
一辆,两辆,三辆
大卡车从来不单独行动
穿过群山,跨过桥梁

像被无休止的劳动
压弯了腰的老矿工
从卑微的远方蹒跚着走来

大卡车碾碎了超载的梦

像一颗颗被误吞下的石子
在小鸡肚肠似的隧道里翻滚
大卡车行驶在午夜的都市里
比黑夜更黑的梦里
卡住了时代的脚脖子

二
大卡车碾碎了超载的梦

他是个酒鬼
但是今夜，他滴酒不沾
跟一万年前一样
太阳一落山，他就想去休息
但是今夜，他的眼睛
将彻夜瞪得
比路灯还大
比天安门的路灯还要亮

如果受到盘问
他已准备好了打点的办法
如果受到打劫
他已准备好了尚未开刃的匕首

大卡车碾碎了超载的梦

真希望一眨眼就到啊
真希望各个方向的大路小路
都并成一条直直的
单行线,只有他这一辆车
那他就可以闭着眼睛
一路开下去
直到无尽的尽头

三

大卡车碾碎了超载的梦

在一座刚刚被撞断
栏杆的大桥下
在冰雪封冻的河面
一辆红色的大卡车
在晨光严厉的注视下

分外醒目
它的大脑袋耷拉在一边
仿佛是在打瞌睡

车门死死地关闭着
而他的眼睛瞪大着
大得能容纳他的大卡车

大卡车碾碎了超载的梦

那两颗像车轮一样不能再转动的
眼珠,像两块烧灼得发红的原煤
骤然间被泼上了水

老镜子

老镜子披挂着灰尘的盔甲
厮守着比它更老的钟
和比钟更老的笔

像一名曾经的宠妃
被打入了时间的冷宫

窗台就是它的牢狱
它用无期徒刑
背对外面的大千世界
总想让我用我的老脸
去填充它的空洞

我的目光习惯于越过它
望向远方

今天我给它赏了一下脸
从它后面伸出来
一只过去的手

像一个怀孕的消息
差点撕破了镜子的老脸

一支烟

一支烟从子夜的下水道口
缓缓爬出来,横在街道上
试图挡住打火机的调戏
一番冲突后,开始发烧

我的手指如同简易的担架
抬着它,绕过最近的医院
我自信,在我的私人诊所里
它会更加安静地接受治疗

我强忍着胃痛和肝痛
徒然地寻找它的脉线
我至少要做得像个庸医
陪它将剩余的生命走完

爆竹

身披血红战袍
胸怀满腔怒火
只等时辰一到
就骤然引爆

露出细小的马脚
轻易被烟头抓住
像猫屁股抹了辣椒
四处乱窜

在半空一个趔趄
霹雳似的惨叫一声
拦腰断为两截
脏腑四散迸溅

残躯栽倒在坑洼里
一个孩子奋力奔去
将它迅速抱起来
像抢救重伤的战友

他却从裤兜里摸出了火柴
像摸出预谋的匕首
花瓶与钟
水被花瓶拥抱乃有寄托
瓶子破裂，水将失去自我

绿萝寄生其内
触须四处伸张
但仅限于瓶壁

枝叶逃出水面，突破瓶颈
却因为缺乏阳光而枯、而黄
那横在它们和阳光之间的
玻璃，似乎并不存在

它们爬上钟的脑袋
钟的额头上披覆着刘海
时间的面目差点儿被它们遮盖

白塔[1]

广告中的美女紧贴白塔寺的墙
假装是壁花
五秒钟的一瞥
使我们丧失了五千年的泪水

泥土在白塔的体内生根
使经卷的生长成为可能
虚无受到水的灌注
升上水面,变成岛屿

长堤紧抓住垂柳
游人的脚步击昏鱼头
黑夜在门联中展开

---

[1] 白塔位于北海公园琼华岛上,建于清初顺治八年(1651),是一座藏式喇嘛塔,是北海的标志性景点。

在麻雀关闭翅膀的时候

而白塔肩负鸟粪和落叶
插向初秋的夜空,企图提前收获
驶进冰川的汽车
误入广告的美女

分花

在同一条紫色的裙子里
舞蹈着,百合与玫瑰
穿越北京的酷暑

而我没有足够大的花瓶
供她们一起做梦
我只能让她们分开
像实施凌迟的刽子手

郊野

第七辑

仙栖洞 ①

请剁去我戏弄清水的手
请砍掉我占用鞋子的脚
击沉我脑海中的万吨巨轮
赶走我心房中希望的小猫

只有一条铁皮船,像一支笔
沿着光滑的水面,缓缓行进
像催产妇手中发红的剪刀
挑开从未见过阳光的胞衣

用充血的笑声填塞这洞穴!
谁也不必害怕翻船落水
荒秃的山岭像老牛的乳房

---

① 仙栖洞又称"石花宫",位于房山区张坊镇东关上村,洞内支洞遍布,暗河无源,钟乳石形态各异,令人目不暇接。

干瘪而低落,像失恋者的情绪

我只要一路坚持刻写
就能到达那深藏于黑暗中的
神秘境界。而在我的诗篇
照不亮的地方,全是丑陋!

那在等待中完美的石头
像天宫里的仙子,不会被水流
轻易冲走。被关闭的怪想奇思
透明得犹如青春的肉体!

一万年才生长一毫米!
一小时就看完无穷的岁月!
被变幻莫测的云层诱使着
老态龙钟的时间流出一滴!

哪怕只是一秒钟的静止
也是永恒!不是我们厌倦了
运动,而是我们不能再运动!
让镜子收留可怜的影子吧!

我将皈依这不可复制的奇迹

我宁愿丢失灵魂,不能再生的灵魂!让他们出去!让他们回去!去争抢阳光和土地!

沙河镇①的沙

沙河的风要把泥土吹成砖头
要把我从雪吹入冰。我张开手
满把的灰尘，从车站飞旋而出
沿着高速公路，呼啸而去

我到达那儿时，天还很亮
白雪凝成了黑霜，像一条条
病狗，肮脏地瘫软在街上
车来车往，把它们的沉默

压得更深，压进了城门
这即将倒塌的、早该拆毁的
门洞，将被翻修得新旧难辨

---

① 沙河镇位于昌平区南部，是通往十三陵、八达岭，以及山西、内蒙古和西北的必经之地。

然后继续用阴影欺骗

旅人的疲倦,继续用面孔
迎合风,用集市的热闹愚弄
那被肩上的担子快要压垮了的
菜农,他的烟斗斜倚在黄昏里

依然冒着烟。我得加紧脚步
在天黑下来前,在城门关闭前
我要拿到我所寻找的珍珠
里外的狗吠都休想将我阻拦

我的沙眼还没有流泪,这些
在夕阳中低矮下去的平房
已经丧失了色彩,消失了
轮廓。它们将在午夜时分

被一个婴儿的啼哭惊醒
它们将像死鱼浮出水面
而我将在集市附近的小巷里
胡乱地转悠,直到彻底迷失

直到大雪像一件丧衣

披挂在村庄的上空。葬礼结束后,我定将沿着小路回去,像石头碎成沙子

朱岗子村[①] 醉语

一

我要赶在寒冬到来之前
赶在树林藏起道路之前
我要在太阳还热烈的时候
去朱岗子村会见我的酒友

二

那在尘土里趴着的老狗
仿佛要被过往的车轮扇起来
它的吠叫像土行孙似的
穿越那满是菜根和萝卜的土地

[①] 朱岗子村位于房山区长阳镇。诗友世中人之老宅暨汉语诗歌资料馆所在地。

三

我们要一起出力
把那些被霜冻打伤的白菜
抢救到院子里来
让它们排列整齐
像太平间里的尸体

四

兄弟
我没有看见过你家的花开
而现在,连果实都快要下坠
像孤独的老人,躺卧在
敬老院阴暗的角落里
那些消瘦而突出的藤蔓
慢慢放松它们垂死的筋脉

五

在没有果子的果园中
我根本不在意叶子的坠落
就沿着一条道
我也能走到果园的尽头

在完全腐烂之前
所有的活物都在竭力
散发剩余的香味
企图使我们的鼻子烂掉

六

那高高的堤坝
仿佛在警示我们
那早已干涸的河流中
依然有波涛汹涌

七

羊肉可能已经
在饭桌上飘香
而羊粪还在我们的脚前
滚动,细小而坚实
好像是一些已经僵化的
果子,因为僵化
而逃过了腐朽的劫难

八

炊烟上升,超越屋顶
那轻飘飘的躯体里

隐藏着原子弹似的魔鬼
它只管上升
不理睬肉猪的哼哼

九

像第一次做爱的女人
夕阳的鲜血染红了
床单似的草地
一片云的遮盖
使她倍觉害羞

十

兄弟，黑夜来临
只有烈酒在闪光
只有烈酒在我们的把握中
钻石般闪光
明天，我会用身躯
把朱岗子村的酒气
传遍伟大首都的每一个街区

出阳坊① 记

一

走出阳坊最大的门
就一头扎入黑暗

岔道越走越窄

还好，我还能回到大路
让轮子在微光里滚动一小会儿

二

突然蹿出一个疯子
拔下自己的头发
掰掉自己的指甲

---

① 阳坊位于昌平区，太行山支脉驻跸山下，距颐和园 20 余公里。

扔向我的车窗

我咬紧牙关

拼命打方向盘

生怕撞到他

但他还是炸弹般地撞了上来

他晃晃悠悠站了起来

跟乌云联手

企图用唾沫淹死我

至少挡住我

他们用一个黄昏

在北京城外制造了一个意外

三

水被铁丝网围困着

其实水可以从地下溜走

但它选择留下

要与池塘共存亡

身边的鬼火与天边的星光相互嫉妒

蜘蛛与蚊子共舞

窥视的蛇刚刚从草丛中伸出脑袋

就被照瞎了眼睛

哪棵树告诉我
该前进还是后退

导航仪只会说掉头
掉头
掉
头

四

众多的车辆像一群癞蛤蟆
在自己的毒液里
相互防备着、反感着

我头顶雷霆
冒着超速被罚的危险
走了很久
哪怕让我做浑天仪的附庸
我也要提前进城
去发布地震的消息

佯谬：现代主义都会诗歌的根本特点

北　塔

狄更斯在《双城记》的开头说："这是最好的时代，这是最坏的时代；这是智慧的时代，这是愚蠢的时代；这是信仰的时期，这是怀疑的时期；这是光明的季节，这是黑暗的季节；这是希望之春，这是失望之冬；人们面前有着各样事物，人们面前一无所有；人们正在直登天堂，人们正在直下地狱。"

狄更斯的小说基本上都是都市小说，大部分写的是伦敦的生活和社会，双城指的是伦敦和巴黎这两个当时欧洲最大的都市。他是在都市文化的语境里展开对时代的概括的。我们不妨把时间概念置换为都市："这是最好的都市，这是最坏的都市；这是智慧的都市，这是愚蠢的都市；这是信仰的都市，这是怀疑的都市；这是光明的都市，这是黑暗的都市；这是希望之都，这是失望之都；人们面前有着各样事物，人们面前一无所有；人们正在直登天堂，人们正在直下地狱。"瞧！这段话是用来概括150年前的欧洲，难道不符合当今中国的实际？

狄更斯对现代都市社会的形容充满悖论，我们不得不说，都市意识、都市诗的总特征也是充满悖论的，强化了各种各样的矛盾、对立、冲突与斗争；因为都市诗更加开放、容忍、勇猛，不回避任何题材，不忌讳任何话题。首先，它与都市社会的形态是平行的，与都市社会的文化是一致的。然后，它才是批判的，抽象的，超越的，启示的。相反价值之间的滑动和互否，造就了张力美学的魅力。

兹分而论之如下。

1. 神秘与写实之间的佯谬关系

鲁迅曾论及"都会诗"，说：

"他之为都会诗人的特色，是在用空想，即诗底幻想的眼，照见都会中的日常生活，将那朦胧的印象，加以象征化。将精气吹入所描写的事象里，使它苏生；也就是在庸俗的生活，尘嚣的市街中，发见诗歌底要素。所以勃洛克所擅长者，是在取卑俗，热闹，杂沓的材料，造成一篇神秘底写实的诗歌。"

这就是鲁迅对都会文明、都会文学、都会诗歌的看法，没有具体分析，但一言以蔽之，他的概括是"神秘底写实"。

日常的生活、庸俗的生活，尘嚣的市街，卑俗、热闹、杂沓的材料，都对应着写实；空想、幻想、朦胧、精气对应的是神秘。

都会意识的最大特征是现实、务实、实际、实打实。因此，都市诗的"实"是现成的，基础特别扎实，也因为实际的力量太大，对诗歌这种比较务虚的文体构成很大的挑战。所以有人认为，都会更适合于小说写作，与诗歌似乎天生有矛盾，格格不入。正如蒂博岱（Thibaudet）在《内在》（Intérieurs）一书中指出的那样："一直到19世纪，都会生活也就只是诗人及其读者的庸常生活而已；一种心照不宣的，而且是建立在某种深刻法度之上的陈规，似乎是将都会生活排斥在诗歌之外的。"也因此，诗人，尤其是传统思维下的诗人觉得，都会是更难以驾驭的一个题材，很多人宁愿选择放弃。哪怕是生活在都会里的人，也会去写花花草草、日月星辰，而漠视周遭的钢筋水泥、高楼大厦。

在中国的传统诗歌中，都会只是一个背景，比如

诗经·邶风·静女

静女其姝，俟我于城隅。爱而不见，搔首踟蹰。
静女其娈，贻我彤管。彤管有炜，说怿女美。
自牧归荑，洵美且异。匪女之为美，美人之贻。

或者说，只是一个载体，承载的是以宫室为象征体的政治抱负或政治功绩。早期的国家都是所谓的城邦，以都会为中心，都会周围则是所谓的京畿，都会的建筑体现了政教合一的体制，两个基本要素，即宫殿和神庙缺一不可。早期都会诗的题材主要是这两种建筑。当时，这两种建筑或者都会本身在诗歌中往往是表征文功武治的符号。

在传统诗歌中，都会的角色是背景、场所、题材、载体。

在现代诗歌中，都会成了人的认识客体和审美对象，即人甘于被装在都会里，表面上与都会和谐相处；都会也不再仅仅是物体或各种物体的集合，慢慢进入了人的头脑和感官。在由物体到客体的变化过程中，是主体的觉醒和参与，都会意识由此诞生。在强大、坚硬的物质之中，主体性因素的加入与加强，是文艺现代性的一个重要的条件或者前提。

说白了，这是人类力图以精神克服物质的表现。如何克服？什么样的主体性因素具备克服的效力？文学艺术在其中扮演什么样的角色？

在人类与都会的博弈中，在两个相向而行的角度，展开对都会的克服之旅。

（1）把都会虚化、幻化、幽灵化。19世纪中期的文学记忆中，彼得堡是幻象的、魔鬼般的存在，用果戈理的话说，"一切都是不真实的"（《涅瓦大街》），美国诗人爱伦·坡访问这座都会时也意识到"彼得堡神话的现实观照将与关于它的创作形成完美的'和鸣',居于其中的各色人等如幻影般飘荡"。而在勃洛克的诗中,都会好像某种梦幻与虚假的幻影。到了20世纪,随着工业化进程的加速,空气污染的加重,雾霾开始介入都会,介入都会意识,其所起的作用是把都会虚化、幻化、幽灵化。正如善写雾霾的高手艾略特在《荒原》中所云:"不真实的城/在冬天早晨棕黄的雾下"。(查良铮 译)在棕黄的雾里,都会看起来如同海市蜃楼。我在《雾霾大城(组诗)》中也有类似的处理和描写:

  只有灯光
  能在黑夜的肌肤上
  刺绣出这么多
  已经被抹除了的房子
  富丽堂皇
  一如蒲松龄笔下的豪宅

蒲松龄笔下的豪宅是想象世界中的,往往在荒郊野外突然出现,金碧辉煌,灯红酒绿,第二天早上就完全消失了,还是荒郊野外。

(2)把诗人自我幽灵化。挖掘或者说释放自我的神性哪怕魔性，不再以单纯虚弱的人性应付或对抗强大的都会现实，诗歌似乎又回到了源头，诗人重新装备或者说武装自己，成为巫师、通灵者、灵修者。

> 你——徘徊在这个崩溃世界中的精灵，
> 鬼魂和魅影们在那里相互唤起惊恐，
> 你——被放逐的幽灵般的黑衣僧！

巴尔蒙特写的是波德莱尔，难道不是在写他自己吗？当诗人把整个都会幽灵化了，他自己能置身其外吗？人类最初用灵性诗歌去克服自然万物，进入现代社会，则主要是去克服都会万物。但是，其所用的资源和方法是类似的，只不过，由于都会万物比自然万物，更实、更固，所以我们必须要付出更多的脑力和心力。也因此，都会诗比自然诗难写，是一种更有难度和硬度的写作。风物、山水、乡村是比较软性的，如豆腐，诗人的笔像泥鳅一样就能在里面钻来钻去。而都会是钢筋水泥的丛林，我们的笔必须是金刚钻，而且带着电，才能慢慢地一点点地钻进去。也因此，现代诗风格的一个重要标志便是：硬。

这两个向度努力的目的是在神秘和写实之间建立某种对应的关系，从而解决悖谬。这就是波德莱尔从瑞典神秘主义哲学家斯威登堡那里汲取的"应和理论"，即我们身边的物事其实都是象征物，应和着或者说指向某种冥冥中的存在。

那种存在用柏拉图的话来说，是理念；用黑格尔的话来说，是世界精神；用赫尔德林的话来说，是神迹。只有诗人在灵魂出窍一样的写作状体中，才能去捕获那种存在或者说它的信息。

因此，都会诗写作是一种神性写作。大家知道，在乡村，尤其是在山村，所谓的荒郊野外，人更容易相信鬼神的存在，甚至产生疑神疑鬼的幻觉。都会因为太人性化、理性化了，鬼神似乎早就被驱逐了。都会诗的写作仿若另一种招魂术，让鬼神重返这一片人间。从精神运作的角度来说，都会诗人是在把都会野化，或者说，在用他们强大的精神，试图打破城乡之间的界限。这是诗歌作为神性写作的魅力所在。"森林都会"只是一个说法，但都会可以是一座象征的森林。从诗歌修辞的角度来说，它跟自然已经没有多少差异了。波德莱尔在《应和》一诗中写道：

> 自然是一个神殿，有许多活柱
> 不时地讲出话来，总模糊不清；
> 行人穿过一重重象征底森林，
> 一路接受着它们亲密的注目。
> 有如漫长的回声在远方混合，
> 变成了一致，又深又暗的一片，

浩渺无边如黑夜，光明如白天，
芳香，颜色与声音在互相应和。

卞之琳 译

在 19 世纪中期的早期象征主义的诗里，物的威胁表现为阻碍人与神之间的交流，诗人克服物，疏通渠道，重新恢复这种交流。所以，在这首诗里，我们看到：神与物，与人具有相对和谐的相互应和的关系。

到了 20 世纪初的后期象征主义阶段，物的威胁主要表现为阻碍人与物之间的交流，或者说人与自我之间的交流。都市是靠物聚集、堆集起来的，物质性程度之高，乡村无法匹敌，我们往往有被物所累，为物所围的压抑感、沉闷感、失落感。物对人的异化和侵蚀导致了严重的人文主义灾难，人的主体意识的困惑和丧失。于是，我们要努力把自我从物质的围困和重压下解放出来。

后期象征主义诗歌的神性降低了，人性高扬了。在 19 世纪中期，人们面临的是物对神的挤压，金钱崇拜替代了上帝崇拜，所以，力图去拯救神，把被人抛弃或把人抛弃的神重新请回来。到了 20 世纪，人们意识到，被"拜物教"伤害最大的不是神，而是人，真正需要拯救的是人类自己。人类已经自顾不暇，哪还有精力和能力去帮助神呢？在无奈和绝望的时候，甚至还祈望神助呢。

在都会诗中,这种人性的突围诉求具体表现为两种策略。

(1)波德莱尔的"应和论"变为艾略特的"对应论",不是物通过人与神应和,或人通过物与神应和,而是人和物之间力图达成一种对应关系。前者的指向是神,后者的指向是物,即艾略特所谓的"客观对应物"。主体主动出击,寻找本来敌对的事物,对战厮杀,直至降服对方,让物成为"我"的某个观念或者某个感觉的载体,"客观对应物"实质上是客体,为己所用,对应的是"我"的思想或感觉。

(2)与之相辅相成的,是修辞上的配合,那就是拟人手法的大量应用,有时是强行进入都会诗的本文。都会成了一个"人",一个"对话者",这个虚拟的"人"跟"我"可能是敌对的,也可能是友好的。这种对话可能是争论不休,也可能是琴瑟相和。

在"应和论"中,物与神的紧张关系基本上得到了解除,因为两者作为象征物和寓意之间的关系相对是固定的、恒久的,不仅是修辞意义上的,而是带有某种信仰的效力。但在"对应论"中,物与人的紧张关系并没有得到解决,因为两者之间的修辞关系不是恒久不变的,带有拉郎配的性质,只是修辞意义上的结合,随时可以变换或解散。

艾略特在其成名作《J.阿尔弗雷德·普罗弗洛克的情歌》中一再写到"雾",用的是密集的拟人手法:

黄色的雾在窗玻璃上擦着它的背,

黄色的烟在窗玻璃上擦着它的嘴,

把它的舌头舔进黄昏的角落,

徘徊在快要干涸的水坑上,

让跌下烟囱的烟灰落上它的背。

哦,确实地,总会有时间

看黄色的烟沿着街滑行,

在窗玻璃上擦着它的背;

查良铮 译

2. 日常生活与形而上学之间的悖论关系

在都会诗中,强大的日常生活无孔不入。很多诗人热衷并满足于描写或模仿生活细节,所谓的"接地气",所谓的"重现实",都是靠日常生活在维持。在20世纪90年代,曾经以此作为诗歌质量高低的标准。诗人不仅走在街道上,甚至匍匐在尘土里。以灯光代替星光,以女生代替女神,以事理代替诗意。其眼光稍稍有点儿提升,刚过额头,还没到"天灵盖",就迅速被拉下,下到下巴,到下半身直至下作,出现了以下为"好",以下出风头、博眼球的现象。

城里人一方面自认为都会文明要高于乡村文明,把"农民"当作贬义词,把农民工叫作"低端人口";另一方面,在道德水准和艺术境界上,却敢于乃至甘于堕落和低下。

都会诗之所以在当今中国诗歌谱系中，还没有得到应有的理解和重视，就是因为许多都会诗人在精神上自甘堕落和在手眼上生性懒惰。

如果你的观察不是洞察，你的修辞没有修养，你的语言都是口语。那么，读者当然不会认可。如果你文本中的生活跟他们所见所闻的生活没有区别，那么他们过自己的生活，自说自话就行了。何必还要跟你的诗歌发生关联呢？

都会生活忙碌、喧嚣、庸俗，阻碍了形而上思维的锻造和发挥。但诗歌必须高于生活，才有存在的依据和可能的价值。所以，我历来主张，都会诗人的腿脚要向下，但眼光要向上。

我曾经把我自己写的关于北京的绝大部分诗的题材概言为北京的日常生活，细想之后，认为改称北京的基层生活更为合适。日常，基层，都是形而下的。是的，我们过的都是普通老百姓的生活，吃、穿、住、行都是基层行为。别说中产了，可能连小资都不如。当然，这是我自己的主观选择，因为我几十年来一直秉持的最基本的人生理念是英国浪漫主义诗人所提倡的"简朴生活、高超思想"。

但是，我的心志、趣味和追求，并没有和光同尘、与世浮沉。在世俗意义上，我们不是士大夫，但从文化品格上，我一直在呼吁士大夫精神的回归。何谓"士大夫精神"，最基本的就是"富贵不能淫，贫贱不能移，威武不能屈"（出自《孟子·滕文公下》）。都会集聚了太多富贵、贫贱与威武,但是士大夫的操守最重要的就是坚守,在基本价值上,不受外因所影响,不为外力所左右。

从思维上来说,我惯于对形而下的事物进行形而上的抽象,没有寓意的事物在文本中是没有或者说很少有审美效力的。请看我是如何写北京的传统的商业中心的:

新王府井颂

推土机赶走了老居民
赖着不走的大妈死于回忆
姑娘们跑回来,落户于
包房和酒吧,以小费度日
……
王府井的每一寸空间都是
黄金,但整个儿还不如我爱人的
发丝一根。我会去得更殷勤
只因王府井之上还有她的眼睛

王府井是世俗生活的典型和象征,日常价值观在那里体现得淋漓尽致,我作为一个为历史替现实去记录的书记员,当然,也有兴趣去以我的修辞方式(比如嘲讽和反讽)去做浮世绘。但是如果我对现实只做那样的摹写,那么我只是一个记者,而不是一个作者,更不是一个诗人。诗人是要创作,而且是要在一种超越世俗的理念下进行创造性写作。"爱人的眼睛"虚实结合，以虚为主。当时，我认识一个在中央美院留学的外国女画家，"老央美"就在王府井的后面。我只是喜欢她的画。她的眼睛是我故意挪用来象征我对本地的抽象，对理想的寄寓。那当然应该在"王府井之上"。

3. 在场与陌生之间的悖论关系

在某个乡村，你可能需要一个月就能搞明白东家长西家短，谁都认识谁，这就是所谓的"熟人社会"。

但是，在都会里，10年、20年，你可能都不知道跟你住同一个楼甚至同一个单元的街坊邻居是做什么营生的。你对周围的环境的熟悉都是表面的，因为处处有栅栏、障碍、防备、禁忌，每一座楼似乎都是一座城堡，每一个人似乎都是一座堡垒，都在包裹、围困、隐藏自己，相互之间很难有信任和不设防的交流。

我们确实在某个地方，具体到哪个楼哪个房间，但有时寻思起来，我们会觉得自己对周围是非常陌生的。别人也会把你看成陌生人。都会空间是个"生人社会"，一出门就会碰到生人，而陌生可能就意味着恐惧、担心、焦虑和威胁。

这种情况发生到极端的程度，就会出现本来熟悉甚至亲密的人也变成陌路人，比如分手后的情侣、离婚后的夫妻。彼此可能知道对方就在同一座都会的某个地方，但就是不知道对方的近况，也没有勇气或心情去了解、去联系。都会的人际关系就会如此复杂、隔膜。

最极端的例子莫过于荒诞派戏剧大师尤奈斯库的名作《秃头歌女》中的马丁夫妇。

马丁先生和马丁夫人到史密斯夫妇家做客。

马丁先生对马丁夫人说："夫人，我好像在什么地方见过您。"

马丁夫人说："我也好像在什么地方见过您。"

马丁先生说："我是曼彻斯特人，我离开曼彻斯特差不多五个星期了。"

马丁夫人说："我也是曼彻斯特人，我离开曼彻斯特差不多也五个星期了。"

马丁先生说："我是乘早上八点的火车，五点差一刻到伦敦的。"

马丁夫人说："真巧，我也是乘的这趟车。"

马丁先生说："我的座位八号车厢，六号房间，三号座位，靠窗口。"

马丁夫人说："我的座位是八号车厢，六号房间，六号座位，也是靠窗口。"

原来两人面对面。

马丁先生说:"我来伦敦一直住在布隆菲尔特街十九号六层楼八号房间。"

马丁夫人说:"我来伦敦也一直住在布隆菲尔特街十九号六层楼八号房间。"

马丁先生说:"我卧室里有张床,床上盖着一条绿色的鸭绒被。"

马丁夫人说:"我卧室里有张床,床上盖着一条绿色的鸭绒被。"

马丁先生说:"这太奇怪了,我们住在同一间房里,睡在同一张床上。我有个小女儿同我住在一起,她两岁,金黄头发。一只白眼珠,一只红眼珠,她很漂亮,叫爱丽丝。"

马丁夫人说:"我也有个小女儿同我住在一起,她两岁,金黄头发。一只白眼珠,一只红眼珠,她很漂亮,也叫爱丽丝。"

马丁先生说:"您就是我妻子……伊丽莎白。"

马丁夫人说:"道纳尔,是你呀,宝贝儿!"

前面我们讲了人与神的关系,也讲了人与物的关系。还有一种情况是人与自我的关系。在现代都市语境里,人与自我可能是疏离、对立的。

在交通通信不便的条件下,人们问的多是:"他是谁?"我们听说了某人,想去了解他,但没有条件,只好靠道听途说,通过第三方去了解他。

在交通通信条件便利的条件下,人们问的多是:"你是谁?"我们一出门,就会碰到陌生人,就可能要主动或被动地与陌生人突然之间意外地面对面,之前互相之间是一无所知的,只好现场当面询问了。城里人一方面是无效的过度交往,阅人无数,可能无一个成为朋友。

我们会在不同的场合出现,扮演不同的角色,被不同的需要塑造成不同的形象,成为所谓的"多面人"。从而导致自我被分裂,被他者化,成为无数个他者。最后,自我就会失去完整性,失去自我认识的可能性。自己在镜子前变得陌生起来。我们会不断地自问:我是谁?我来自哪里,是我愿意来的吗?我将去哪里?是我愿意去的吗?我为何会在这里?有什么能证明我在?我在的依据和意义是什么?这种自我身份意识的质疑、模糊化,甚至丧失,也是一种异化现象。我们很难有自主选择决定的自由和权利,这种存在的被动性使得我们越来越不能自我认同,从而导致我们往自己所陌生的方向发展或苟延。这些主题在都会诗歌中是重要而常见的。我曾经在《一棵街树的自悼——戏仿牛汉先生的〈悼念一棵枫树〉》一诗中写道:

你们说我还有根?
我的根还与大地相连?
是啊,我还有根
但很快就会被水泥盖住、闷死

一条缝、一个孔都不会留存
　　与潮湿的泥土相连
　　是让我的根更快腐烂

　　树所熟悉的是泥,在泥中它有明确的自我;但是,都会里多是水泥,而不是泥。对于树而言,水泥和泥的作用正好相反。泥让它活,而水泥让它死。从泥到水泥,就是从生到死。水泥会把它显性存在的部分与它的根分离、分割,让它找不到自己的根,连死后都不能合在一起,所以,街树(都会里的存在物)会死无葬身之地,而且死无全身,死无对证(树身和树根本来可以相互证明其身份,但这种可能性也被剥夺了)。因此,陌生的水泥导致了街树的自我身份意识的陌生化。而这一切源于其被动性的存在:

　　我还没幸福地倒在地上
　　就会被鹤嘴叼走
　　我还有一句话
　　想借助火焰的舌头说出:
　　"当初我到这儿来,
　　也是你们的安排。"

4. 整体与碎片之间的悖论

南宋词人张炎在《词源》卷下称:"吴梦窗词如七宝楼台,炫人眼目,拆碎下来,不成片段。""七宝楼台"是称道吴文英的词的整体性,"不成片段"是指细部,如字句缺乏自足性,即炼字造句的功夫还不到家。戴望舒说:"问题不是在于拆碎下来成不成片段,却是在搭起来是不是一座七宝楼台。"两者并置来看,就是整体与碎片之间的诗学悖论。前者是说整体之中没有片段的存在的可能性,强调的是片段的必需和重要;后者强调的是整体的重要性,要使碎片组合起来成为一个整体,有时人们就是无法完成这种拼合工作。

都会,尤其是像北京这样的皇城,自古比较重视规划,不是无序发展,任意建造。从规划角度来说,它一直是非常完整的,都会总体布局以中轴线为中心,左面为太庙,右面为社稷坛;前面是朝廷,后面为市场,即"左祖右社""前朝后市"。大到街道、广场、公园,小到院落、门牌、公交站,似乎都是非常整齐,甚至是整齐划一的。

但是,在这样的大都市里奔波、穿行、居住、生活、工作、交往,我们只能到达东一处或西一处。我们对这个都会的印象是碎片化的。这使得现代人的思维和表达很难具备完整性,我说的是一开始的完整性,始终如一的完整性。我们往往先得到一大堆生活经验的碎片,然后,在艺术创作时,再加上记忆的碎片,想象的碎片,把相关的(有时也有游离的、歧出的关系中不太密切的部分)拼贴起来。这种拼贴法(collage)为都会诗人所喜用、惯用,如同电影的分镜头拍摄,先剪后接。

在一个拼贴法制作出来的文本里,我们首先看到的是一个个意象或语词的碎片,彼此没有必然的清晰的逻辑关系,无论是从时间的维度或者空间的维度来看,它们都不是有序排列的,它们是我们在不同的时间和空间里得到的感觉或观念的片段,只是在写作时被某种带有偶然性的内在因素组合起来了。整体感似乎存在,但并非是显性的,甚至并非必然。也就是说,拼贴法本身的目的不是复原一个整体,而是让整体成为一个似是而非的存在。

李金发的意象选择还是在他的中国广东老家乡村的记忆库中进行的,所以他用的基本上还是田园的或者说山水的意象,而不是都会的物事。但他所用的意象组合的方式则绝大部分学自波德莱尔的都会诗,因而从这个角度来说,我同意孙玉石先生的说法,李金发有都会诗人的特点。正如朱自清在《中国新文学大系·诗集》导言中的精彩概括,写道:"他的诗没有寻常的章法,一部分一部分可以懂,合起来却没有意思。他要表现的不是意思而是感觉或情感;仿佛大大小小红红绿绿一串珠子,他却藏起那串儿,你得自己穿着瞧。这就是法国象征诗人的手法,李氏是第一个人介绍它到中国诗里。"我们来读他的一首代表作,看他

是如何藏起那穿起珠子的串儿的:

弃 妇

弃妇之隐忧堆积在动作上,
夕阳之火不能把时间之烦闷
化成灰烬,从烟突里飞去,
长染在游鸦之羽,
将同栖止于海啸之石上,
静听舟子之歌。
衰老的裙裾发出哀吟,
徜徉在丘墓之侧,
永无热泪,
点滴在草地,
为世界之装饰。

在我看来,细读慢品之下,读者还是能找到那串儿的,并且能把珠子穿起来的,也就是说,还是能瞧见那感觉或情感的,八九不离十吧。比如,这首诗写的是弃妇的自怨自艾,几乎所有的似乎互不相关的意象都是围绕着这种感觉写的,由于作者在模拟弃妇的口吻,所以我们更加能感到字里行间中弃妇情态的无奈与热烈。

朱自清说这种见珠不见串的写作策略是法国象征诗人

的手法，不错，但不全。本雅明在专门论述波德莱尔的著作《发达资本主义时代的抒情诗人》中，把波德莱尔那样的诗人艺术家比成波希米亚人、吉卜赛人、流浪汉甚至拾荒者，波德莱尔曾经花费不少笔墨写过这些人。本雅明说，这些人的行为模式主要有两种：一是漫游，二是捡拾。他们自由、随意地出没于巴黎的各个角落，似乎是无所事事、无家可归，甚至游手好闲。他们是边缘人物，哪怕经常在巴黎的市中心活动，也被整个社会视为边缘人。

他们本来是漫无目的的，但偶然他们看到某种他们认为有意思或有意义的东西：物件、场景、现象、念头、语句，比如一片云，一条死狗等。他们也会捡起来，细细琢磨，还会认真打磨，把它们打造成艺术品。他们打造这些作品，不为任何外在的功利目的，不为升官，也不会发财。这些文明的拾荒者，捡拾的是文明的碎片，或者说被主流社会忽略的、蔑视的、抛弃的，他们珍视那些所谓没有价值的碎片，哪怕真的没有价值，但在他们天才的转换之下，那些东西都成了光彩夺目的艺术品。他们把那些不成片段的碎片，搭成了"七宝楼台"。另外有些时候，他们更喜欢把七宝楼台拆碎下来。他们对这搭与拆的动作和过程饶有兴趣，甚至认为美学意义也在于此。他们不太关心成不成片段，甚至不太关心成不成楼台。

庞德、艾略特、北岛等现代主义诗人都大用特用碎片化写作法。其写作模式主要就是两种：搭（从碎片到整体）和拆（从整体到碎片）。请看我的这一首"碎片诗"：

男与女：羊年除夕感遇

一个女人空着子宫去私人诊所堕胎
一个男人没有Y染色体却有个女儿

一个少年在游戏厅里跟英雄过招
一个少女在电影院里与面具同道

一个青年男子在回老家的路上折回北京
一个青年女子在奔向婚姻的途中突然毁约

一个中年男子在轨道交通里梦见自己出轨
一个中年妇女瞅着她男人说她真是瞎了眼

一个老年男子在长途旅行中小便失禁
一个老年妇女念叨着家庭住址失踪

一阵喝了酒的野风被一堵涂了口红的墙拒绝
一位豪杰躺在祠堂里连邻居都不去给他拜年

5. 人工与自然之间的佯谬关系

都会就是一个巨大的人工产物，其中自然只是一些局部的或细小的点缀，比如公园，比如阳台上的盆景。

人们喜欢玩弄那些点缀物，但不会真的离开都会，或者主动把都会夷为平地，还给自然。在整个文明史上，有退耕还林，退牧还草，退湖还田，但没有人曾经尝试退城还自然。你个人可以回归自然，但都会依然在那里，生长着，膨胀着，像个精力充沛的巨人，而且始终在吸引、吸纳来自周边甚至远处的乡村里的人们。

城里人是愿意而且善于欣赏人工制品的，他们的价值取向由"人小于自然"到"人大于自然"。

城里人认为，在很多方面，人类已经离别了大自然，并因此而进步。技术产物已经变得比生物圈更为多样化。1867年，卡尔·马克思留意到，英格兰伯明翰生产的锤子有500种之多。1988年，加州大学圣迭戈分校的认知科学家唐纳德·诺曼（Donald Norman）指出，普通美国人在日常生活中接触到的人工制品多达2万种，这一数字超出了我们所能分辨出的动植物种类的数目。目前，地球上存在大约150万种可识别的物种，这一数字令人印象深刻，但是与超过700万的美国专利的数目相比就不算什么了。

都会美学认为，自然的产物是不够完美的，甚至是有缺陷的。因此人的加工是必要的。因此，在艺术上有所谓的笔补造化，润饰自然。在传统社会，人们做的多是补的工作，进入现代社会之后，更多的是——饰。好上加好，美上加美，达到至善至美的效果。因此，装修行业比修补行业发达。也因此，人类对自然的干预空前强化，我们过的不再是自然状态的生活。比如，夜生活，这是只有城里人才有的生活方式。在农业社会中，黑夜是用来睡觉的，日落而息。昏睡是人类意识处于黑暗状态，睡眠是另一种黑夜。城里人认为，黑夜那么漫长而且死寂，只用来睡觉，是在浪费，是在找死。黑夜也是一种可以利用的时间，不管是用来生活还是生产。况且，黑夜里保持清醒，本身也是对黑暗的一种反抗。于是，秉烛夜游，成了一种城里人独有的习惯和美德。

城里人认为，随着科学与技术的进步，连自然都可以再造，所谓"人造自然"也。假发、假肢、假牙、假山、假树，建造运河、人工湖，甚至人造的蓝天白云以及太阳。巴尔蒙特之所以被称为"太阳诗人"，一方面是因为他歌颂自然的天上的太阳，另一方面他心里还有一颗属于他自己的太阳：

> 在黑夜中筑造我童话的宫殿。
> 那时我将梦到淡蓝的地平线，
> 梦到花园，雪花石中哭泣的喷泉，
> 梦到那些吻，那些日夜鸣唱的鸟雀，

和"田园诗"所具有的最孩子气的一切。
骚动,徒劳朝着我的窗玻璃发泄怒气,
不会让我的额头从我的书桌上抬起。
因为我将投身沉浸于欢愉的快感,
以此用我的意志唤起"春天",
从我的心中抽出一个太阳,并以
我灼烧的思想造出一团温和的大气。

这首诗的第一行来自波德莱尔的重要作品《风景》的最后一行:

我将看到一个个春天,夏天,秋天;
而等到带着单调降雪的冬天,
我将四下关闭百叶窗和门帘,
为了在黑夜中筑造我童话的宫殿。

"童话的宫殿"象征着最高、最美、最亮的人类造物。城里人内心充满了"造"的自信和快感,包括造假,伪饰。在19世纪中期,很多人,尤其是知识分子,已经基本上不再相信缥缈的天堂神话,但宗教神话的没落,并没有让人们对神话本身绝望,他们力图以科学神话和艺术神话来替代宗教。于是,唯美主义者认为,人可以创造一个天堂,而且只有人自己造就的天堂才是可触摸的,与人真正相伴的,能为人所享用的。这就是波德莱尔及其徒子徒孙们所极力主张并坚信的"人造天堂(Les paradis artificiels)"。他们甚至认为,耶和华所许诺给人类的那个天堂是虚假的,我们自己造就的才是真实的。

关于艺术价值,城里人的观念也发生了天翻地覆的变化,从而关于生活与艺术之间的关系也发生了革命性的变化。王尔德说:"不是艺术模仿生活,而是生活模仿艺术。"这可是100多年前的话,但即使放在现在听来,也是令人震惊。

大多数人认为,风景只存在于自然之中,哪怕是在都会里,风景也只能指那些属于大自然的东西,花啊草啊木啊。波德莱尔却认为,"风景"并不只属于自然,人工制品也可以构成风景。他在《1859年的沙龙》中写了当时画家的疏忽,认为他们忘记了"大都会的风景,也就是说源自人与宏伟建筑的一种有力聚合的大与美的集合,一个处在生命的种种荣耀和痛苦之中的、久远而衰老的首都的深邃而复杂的魅力"。这种具有"深邃而复杂的魅力"的风景,大自然反而是不具备的,其价值比大自然有过之而无不及。蒂博岱认为,波德莱尔的创新之处就在于通过"将自然的价值置换为都会的价值,将风景置换为人性",从而"创造出一种全然巴黎的诗歌"。也就是说,波德莱尔把诗歌艺术的价值中心由自然转到了都会。

当都会成为诗歌写作的主导对象之后，不仅仅解决了都会入诗本身的问题，而且再也不存在题材禁忌，任何事物和现象都可以入诗。正如戴望舒所说"竹头木屑，牛溲马勃，运用得法，可成为诗，否则仍是一堆弃之不足惜的废物。罗绮锦绣，贝玉金珠，运用得法，亦可成为诗，否则还是一些徒炫眼目的不成器的杂碎。诗的存在在于它的组织。在这里，竹头木屑，牛溲马勃，和罗绮锦绣，贝玉金珠，其价值是同等的"。① 没有任何东西是天然有或没有诗意的，诗意的本质是诗人主体性的创造性渗入事物。所谓诗意，不是事物本身所具备的、现成的，而是诗人通过移情作用，赋予事物的。因此，它不是固定不变的存在物（being），而是某种要成为的存在(to be becoming a being)。对于波德莱尔这样具有无比强大的创造性主体力量的诗人来说，神、人与诗之间的所有阻隔都被移除了，相互之间的信息交流是畅通无阻的。自然之物可以是诗歌的源泉，人工造物同样也能给我们提供灵感。《恶之花》中充斥着对香水、首饰、裘皮、绫罗绸缎等人造物的拜物教式的崇拜。在他笔下，无论是自然物还是人造物，都不再是其本身的自在之物，而是经他思想加工过或情感浸润过的艺术品。

有了对自己这样的创造行为和创造物的自信，艺术家

---

① 戴望舒：《诗论零札》，最初刊载于《华侨日报·文艺副刊》第二期，1944年2月6日，后收于《戴望舒全集——散文卷》，第187页。

可以对自然、社会等外在的东西视而不见、听而不闻。

波德莱尔视之如师的戈蒂埃在《珐琅与玉雕》的序诗结尾写道：

> 不去关心鞭打，
> 我紧闭窗户的风暴，
> 我，我写下了《珐琅与玉雕》。

戈蒂埃这本诗集出版于1852年。1851年，法兰西第二共和国总统（后自封为法兰西第二帝国皇帝）拿破仑三世发动政变，解散立法议会，并通过公民投票使政变合法化，逮捕一切反对他的议员，稍后，又血腥镇压了巴黎无产阶级的反抗。但戈蒂埃表示，他对此并不关心，"珐琅与玉雕"象征着他精雕细刻的唯美的诗歌，这样的美的创造可以与现实无关。这就是唯美主义，只有在都会观念里才能产生这样的主义。

都会诗人对都会诗也具有前所未有的清醒和自信。在老于世故的城里人看来，"田园诗"是最孩子气，太简单、单薄、薄透，没有任何悬念和深度。都会生活光怪陆离，多彩多样，哪能那么简单、天真？所以他们期待另一种诗歌，跟他们的生活经验相对匹配或一致的。

6. 审美与审丑之间的悖论关系

田园诗人对田园生活都抱有一种正面的价值判断，因为他们对那种生活进行理想化的欣赏和留恋，把它想象成了乌托邦和伊甸园，看牛的男孩和看羊的女孩本来都是田间地头脏兮兮的苦孩子，却被想象成了亚当和夏娃。他们对田园的爱以及他们之间相互的爱都是一根筋的、无条件的、无变化的。

都会诗人认为，那样的感情取向既是幼稚的，又是虚假的。他们更愿意直面人生和人性的正常而真实的状态……

田园诗人对田园的单纯的极端的爱，往往导致他们对都会的无条件的厌恨。比如叶赛宁，他自称是最后一位田园诗人，他连一列火车都受不了，以至于就因为机械文明的到来而以身殉田园：

> 田野底青色小径上
> 铁的生客就要经过，
> 一只铁腕行将收尽
> 晨曦所播下的禾黍。

引自《最后的弥撒》戴望舒 译

戴望舒曾不无感慨而惋惜地说："当看见了俄罗斯的恬静的乡村一天天地被铁路所侵略，并被这个'铁的生客'

所带来的近代文明所摧毁的时候……俄罗斯的'最后的田园诗人',便不禁发出这绝望的哀歌来,而终于和他的古旧的俄罗斯同归于尽。"(《戴望舒全集——诗歌卷》,第22页)同时,戴望舒还说"让魏特曼和凡尔哈仑去歌颂机械和近代生活吧,我们呢,我们宁可让自己沉浸在往昔的梦里"(《戴望舒全集——诗歌卷》,第22—23页)。

"机械和近代生活"基本上属于都会文明的范畴,戴的意思是他自己和叶赛宁属于同一个阵营,即田园诗。而魏特曼和凡尔哈仑则属于都会诗,给人的逻辑错觉是:正如叶赛宁对田园只有赞美,这两位对都会也只有歌颂,都是线性的单向的情感取向。

事实上,都会诗人显然没有田园诗人那么纯粹,也就没有那么脆弱。

首先,只有极少数诗人在某些时候,对都会进行不分青红皂白地歌颂,比如惠特曼和维尔哈伦。但即便是他俩对都会文明也有微词。

惠特曼被某些评论家称为新世界,即美洲的第一个都会诗人。他热爱都会,对都会文明唱过很多赞美诗,比如:

横渡布鲁克林渡口

繁荣吧,都会——宽广浩荡的河流,携带你们的货物,携带你们的姿色,

扩张吧，没有什么比你们更加崇高，
各守其位吧，没有什么比你们更加恒久。

但是，都会里也有让他讨厌的虚伪而无聊的人，
没有信得过的丈夫、妻子、朋友来听心里话，
另一个自我，每个人的副本，躲躲闪闪隐隐藏藏，
无形无息走过都会的街道，在客厅里彬彬有礼，
在火车车厢里，在汽船里，在公共集会，
在男男女女的家里，在餐桌上，在卧室里，在一切地方，
穿着体面，笑容可掬，形象端正，死亡藏在胸腔里，地狱藏在脑瓜里，
藏在呢绒和手套下面，藏在缎带和人造花下面，
办事循规蹈矩，开口言不及义，
话说东拉西扯，从不触及灵魂。

引自《大路之歌》邹仲之 译

正是惠特曼实现了从颓废派死气沉沉的都会观感到生机勃勃的都会礼赞的转变。

维尔哈伦1855年5月21日生于离安特卫普不远的圣阿芒镇，那是一个与农村比邻而且被农村包围的乡镇，直到1881年，他26岁时，才去真正的都会布鲁塞尔。因此，他对乡村的感情也是极为真挚热烈的。他早年跟叶赛宁一样，对机械文明也是厌恶的，尤其不满于其对乡村图景的破坏：

从东到西，从南到北
尖叫着，冲闯着
它们的信号灯和汽笛
撕破了黎明、白天，黄昏，黑夜
它们拖着滚滚的长烟
在平原、海滩、水面，天空
划出条条黑线
轮轴沉闷的轰隆
锅炉嘶哑的喘息
汇成紧锣密鼓
使四面八方都在抖动
一直震到地球的深层

后来，随着都会经验的日益丰富，他对自己的心理做了调适，对都会的评价发生了一百八十度转变。他开始礼赞那把触角伸向乡村的都会文明。这触角不是爪子，而是生机与力量的象征。他甚至赞美起了以前他所厌恶的火车：

列车在驰
急疾地飞过
一直到车站，停着成千
不动的机头，像一个金色辉煌的殿额
那些错杂的铁轨

向隧道和喷烟的洞穴爬到地底去——
为的再出现在喧嚣与尘埃里的
明亮而闪光的铁路网上

引自《都会》艾青 译

在勃留索夫的《我爱这都会的高楼大厦》中，诗人体验着面对都会时被隐藏起的某种恐惧，并且相信其光明的开端将是善良与智慧的胜利，都会在诗人笔下又成了涤荡现实的强心剂：

我爱这座都会的高楼大厦，
爱它狭小的街巷，
当冬日还没有来临，
秋天已经送来了凉意几许。
我爱这一个个宽阔的广场，
四周筑起了逶迤的围墙，
在街灯尚未点亮的时刻，
羞涩的星光已镶嵌在天穹，
我爱这都会和墓园，
爱它的轰鸣和有节律的喧闹，
当我沉醉于歌声的时刻，
它那优美的和弦会令我倾倒。

在勃留索夫的《给都会》一诗中,"都会是一个鲜活的撒旦式的存在,'都会——吸血鬼'是被具象化的可怕对象,是无情和淫恶的化身"。

>威风凛凛俯瞰峡谷,
>闪耀的灯光刺向苍穹,
>工厂的烟囱如同栅栏,
>坚定不移把你围拢。
>……
>你钢铁铸就的脉络里,
>流动着煤气和自来水。
>贫困在其中痛苦呻吟,
>愤恨在其中屡屡抱怨。
>……
>如阴险之蛇目光奇幻!
>怀着疯狂的盲目冲动,
>致命的毒液毒害自己,
>你把刀举在自己头顶。

波德莱尔认为,都会文明基本的特点是恶的、病的、丑的,正好法文中有一个极为简单的词把这三个含义都包含了,即"mal"。当然,像巴黎那样的都会也有许多美好的事物,比如自由、多姿、闲适、便利等,甚至是美好如花。丑恶的与美好的两种事物往往处在同一个空间，犹如牛粪上的鲜花。两者不仅共处，还互换。这样的关于美丑辩证关系的观念，始自雨果。不过，在雨果那里，只是观念，然而通过塑造人物形象、设计人物的行为来进行证明，具有观念先行的特点。对于波德莱尔来说，这是一种现实的存在、真切的感受。另外，他在化丑为美的向度上，比雨果不知前进多少步。波德莱尔认为"丑恶经过艺术的表现化而为美，带有韵律和节奏的痛苦是精神充满了一种平静的快乐"。这是艺术的奇妙的特权和魅力。《恶之花》（*Les Fleurs du Mal*）就是他这方面努力的卓越成果。都会的恶是大恶，是各种各样的恶的渊薮，有为之士不能随波逐流，同流合污，而是要全力抗争，不仅要避恶，洁身自好，不能抱怨、诅咒，还要有担当街道清洁工的胸怀，有勇气有能力去净化、美化，力争去"把诅咒开垦为葡萄园"（奥顿《悼念叶芝》）。

都会的首恶是市侩哲学，即势利眼，甚至唯利是图，试图把一切东西商品化，给所有事物估价，不能给出价格的，就被认为是没有价值，从而被摒弃乃至糟践，无价之宝往往被认为无价可言。

在古希腊，诗歌是有神的，所谓缪斯女神，不仅受人尊重，还被人崇拜，无数粉丝拜倒在缪斯女神的石榴裙下。但是，当缪斯女神到都会里，却成了一个卖艺姑娘。正如波德莱尔在其名篇《出售的缪斯》里所深刻描写的：

> 哦，仙宫的缪斯，我心中的女神，
> 当一月放出它的北风来肆虐，
> 当黑色的忧愁涨满积雪的冬夜，
> 你双脚冻得发青，取暖可有余薪？
>
> 寒窗透进夜光的一丝微温，
> 岂能使冻僵的大理石肩恢复知觉？
> 当你摸到钱包和宫里空空如也，
> 你岂能从青天上收获黄金？
>
> 你只得学那唱诗班的孩子，
> 耍着香炉，唱你不相信的赞美诗，
> 为了挣得每晚糊口的面包，
>
> 或学空肚的街头卖艺者，施展魅力，
> 笑脸浸透了无人看见的泪滴，
> 为了博取俗人们开怀一笑。
>
> 飞白 译

　　这首诗可以说是波德莱尔写得最愤懑的作品。诗歌是商品社会里唯一不能被商品化的，诗人哪怕放下身段，愿意出卖自己的作品，也找不到买家。尤其是当一个诗人不愿意媚俗，违背自己的良心去给大众提供心灵鸡汤的时候，他的处境就更加艰难，忍饥挨饿成了他生活的常态。女神成了女乞丐，这是社会文明在发展还是在倒退？诗人沦落为街头卖艺者，真是斯文扫地。

此间我要补充阐释一种所谓诗歌商品化的可能性，诗歌跟其他艺术形式，比如戏剧、朗诵、音乐，或者街头艺术结合起来，是可以商品化的。在那些商品化的艺术表演形式里，诗歌退化或矮化为附庸性的角色。我在美国曾经见过在各地以诗歌朗诵巡演谋生的人。在北京，也颇有那么几个人，基本上以诗歌朗诵谋生。但诗歌只是他们朗诵的材料。

自作诗而能糊口的，历史上，倒是也有这样的例子，而且只有在都市里才有。在11世纪，东京汴梁，是世界最大都市，有一个叫张寿的山东兖州人去"东漂"，以诗鬻粥，达半个世纪之久。宋王辟之《渑水燕谈录》卷十引用他自己的话说："某乃于都下三十余年，但生而为十七字诗鬻钱以糊口。"此公艺名张山人，擅长即时即物即景现场作诗。出生于山东省青岛市，中国台湾男歌手，绰号"急智歌王"的张帝（本名张志民）可谓是其异代化身，继承了他这方面的艺术基因。张山人口占的每首诗都是十七个字，人称"十七字诗体"。这成为一种流传后世的诗体，他也就成了这种诗体的创始人。当其时，据宋王灼《碧鸡漫志》卷二载，张山人独步京师，名噪一时。他的诗多为诙谐讽刺之作，人们一方面喜欢听他唱诗，另一方面害怕成为他嘲讽的对象，所以，在听他唱诗时，都愿意给他送钱送物。对此，宋人笔记中多有记载，如洪迈《夷坚乙志》卷十八《张山人诗》云："张山人……其词虽俚，然多颖脱，含讥讽，所至皆畏其口，争以酒食钱帛遗之。"

不过，对张山人卖诗的行为，我们应有全面且客观的认识。（1）这是个别现象。（2）他的所谓诗，以现在的艺术分类法来衡量，属于口头文学范畴，类似于单口相声。其实离诗的标准相当远，时过境迁，随生随灭。因此，到现在我们几乎找不到一首他创作的文本。（3）他名声那么大，但卖诗所得仅能糊口，连养家都不够。据史料记载，他享年约80岁，终生未娶，最后死在回乡的路上，身边一个亲人都没有，连口棺材都没有。洪迈记述道："年益老，颇厌倦，乃还乡里，未至而死于。道旁人亦旧识，怜其无子，为买苇席，束而葬诸原。"热闹一生，最后落得个凄惨的结局。

因此我们说，诗歌哪怕靠着某种外在的因素，或者自身的异变，一时能功利化，但终不能靠诗发财。况且，纯粹靠诗歌本身则更不能作稻粱谋。

都会本来被认为是文明的发祥地、凝聚处，诗歌也是文明的一种高雅的形式。但它似乎被文明本身所否认，被都会所遗弃。当然，被都会和文明所遗弃的还有很多别的美好、价值和力量。这就是弗洛伊德所谓的文明的缺憾。诗歌可以补缺，也只有诗人与那些被边缘化、妖魔化、废品化的事物能够接触、交流，能够认识到它们的价值，或者说能够赋予它们价值。诗人的拾荒是为了废物利用，让暗淡了的重新发光。诗歌不仅本身有价值，还会赋予别的事物以价值。这是诗人的理想信念之所在。像波德莱尔这样真正的诗人，并没有为了面包，而去唱自己所不信的赞美诗，也没有去学街头卖艺人，去博取他人的一笑，显现了都会诗人对市侩价值观的反抗，对纯洁、崇高和美好的坚守。

7. 繁复与简单之间的悖论关系

　　像北京这样的大都市，相当于千万个村子累加在一起，当然使工作生活变得无以复加的复杂，各种办事的规章制度、程序过程都让人劳心劳腿。因此，都会里相当一部分人在帮别人设计或者直接代办，使得人们事情简单化。但是，很多事情，你想简单处理，却根本无法处理，因为在都会里，每一件小事可能都会牵一发而动全身，涉及很多方面很多人后，才能真正处理妥当。这导致了复杂和简单之间的悖论。

　　就都会诗歌的用语和修辞而言，也存在着这样的悖论。一方面，都会生活经验高度繁复化，都会人的心眼多、心事重、脑筋活。我们用简单寥寥数语，可能无法表达想要表达的所有意思，所以，都会诗歌的修辞在波德莱尔那里是极为繁复的，隐喻多于明喻，曲喻多于直喻，象征多于比喻，暗示多于直白，通感多于观感，意象群多于单一意象，多元文化语境取代了单一文化语境。象征与比喻的区别在于：象征隐晦，比喻显豁。象征多指向，读者难以判断到底指向哪一个，比喻的喻本和喻体之间的关系是一对一的线性关系，容易把握。通感呢，是指在同一首诗里，甚至在同一节诗里，作者调动不止一个器官的感觉进行感受和表达，而是三个、四个、五个甚至动用所谓的"第六感官"或"超感官"，而且让它们相互通用，从而达到不仅是五音交响而且是五官交互的复杂而浓烈的审美效果。《望舒诗论》之八曰："诗不是某一个官感的享乐，而是全官感或超官感的东西。"（原载于1932年《现代》第二卷第一期，收入1933年《望舒草》时更名为《诗论零札》）波德莱尔的"应和论"也包含不同感官之间的应和：

应和

香味、声音和色彩相互应和。
有的香味像儿童的肌肤一样凉爽，
像双簧管一样甜蜜，像草地一样绿。

都会诗歌抛弃了田园诗的以朴素作为美的最高境界，认为田园诗歌用词太少，意味太寡，如果说田园诗是江浙菜的话，那么都会诗就是四川菜，前者清淡，后者浓厚。川菜不仅在全中国的都会里风行，在欧美大都会也很受欢迎。而江浙菜就比较局限。

20世纪80年代崛起的朦胧诗的写作模式是都会诗的，而许多当年的诗歌读者还停留在田园诗的阅读氛围和期待里，他们想用简单的方式去领悟复杂的思想情感，当然会觉得吃力，甚至放弃，摇头直感叹"看不懂"。

然而，最近这些年，诗歌界出现了一种逆现象。城里人工作生活虽然没有乡下人繁重，但比较繁累，他们读诗是为了休息消遣，所以他们往往喜欢选择那些修辞程度比较低的作品。还有，其中有些人吃惯了重口味，也想偶尔到乡下去吃点清淡的，他们也喜欢口语化的诗作。有很多诗人或者说诗歌爱好者捕捉到了这种所谓短平快的阅读趋势，并且去迎合这种大众化的消费心理。这就是近年来所谓口语诗歌风行起来的原因。这种城里人写的都会诗实际上是倒退到了田园诗的美学风格上去了，不仅仅是简化，而且是偷懒。这样的诗歌已经自我削弱了诗人对都会生活的把握能力，已经无法与复杂的都会生活体验相匹配，已经不能称为真正的都会诗了。